Schleich

bayala®

DAS MAGISCHE ELFENABENTEUER

Das Buch zum Film

Schneiderbuch
EGMONT

1. Auflage 2019

verlegt durch Egmont Verlagsgesellschaften mbH,
Alte Jakobstraße 83, 10179 Berlin

Text: Mark Stichler
Grafik & Layout: Anke Koopmann | Designomicon

Printed in the EU
ISBN 978-3-505-14282-6

www. schneiderbuch.de

Die Egmont Verlagsgesellschaften gehören als Teil der Egmont-Gruppe zur **Egmont Foundation** – einer gemeinnützigen Stiftung, deren Ziel es ist, die sozialen, kulturellen und gesundheitlichen Lebensumstände von Kindern und Jugendlichen zu verbessern. Weitere ausführliche Informationen zur Egmont Foundation unter **www.egmont.com.**

Inhaltsverzeichnis

Flucht aus dem Schattenschloss

bayala war ein Land voll von Wundern und Magie, den wunderbarsten Farben und Düften. *bayala* war das Zuhause der verschiedensten Elfenstämme: Sonnenelfen und Schattenelfen, Regenbogenelfen, Waldelfen und Eiselfen lebten hier friedlich mit den fantastischsten aller Fabelwesen zusammen: den Drachen. Diese geheimnisvolle Verbindung hatte *bayala* zu einem Land der Magie und Wunder gemacht. Es blühte und gedieh, überall sproßen die farbenprächtigsten Blumen und die bunt blühendsten Bäume.

Vor langer Zeit hatten die Elfen einen Pakt mit den Drachen geschlossen: Die Elfen kümmerten sich das ganze Jahr über um die Eier der Drachen. Von den Eiern ging eine große Macht aus, die den Elfen ihre Magie und Zauberkraft verlieh.

Einmal im Jahr feierten alle das große Drachenfest, bei dem die Elfen den Drachen ihre Eier zurückgaben. Das Erste, was die Drachenbabys sahen, wenn sie ihre Augen aufschlugen, waren ihre majestätischen Eltern. Auf dem Drachenfest wurde den ganzen Tag und die ganze Nacht hindurch getanzt und gefeiert. Am nächsten Tag vertrauten die Drachen den Elfen ihre neuen Eier an, damit sie von ihnen das Jahr über wieder beschützt wurden.

Solange es diesen Pakt gab, lebten alle in *bayala* glücklich und zufrieden. Nun ja, fast alle ... Ophira, die Königin der Schattenelfen, konnte es nicht ertragen, dass die Königinnen und Könige der anderen Elfenstämme ihr ebenbürtig waren. Sie wollte über alle Elfen herrschen, und eines Nachts brach sie den Pakt.

Ophira stahl und versteckte die Dracheneier. Aber nicht nur das: Sie entführte die kleine Surah, die Prinzessin der Sonnenelfen. Der König der Sonnenelfen, Surahs Zwillingsschwester Sera und ihre ältere Schwester Eyela waren untröstlich. Ophira kümmerte das wenig. Sie wurde mächtiger, und ihre magischen Kräfte wuchsen. Bald wagte niemand mehr, gegen sie aufzubegehren.

Zur gleichen Zeit schwand die Magie in *bayala* langsam, aber stetig. Die Drachen wurden nicht mehr gesehen. Sie hatten sich weit in die Berge zurückgezogen. Manche sagten sogar, sie seien für immer fortgeflogen. Nachdem die Verbindung mit den Drachen gelöst war, erlosch die wundersame Wirkung der Dracheneier, und das große Welken begann. Viele Pflanzen starben, und nur im Bereich der Königsschlösser blühten die Blumen noch wie früher, sodass die Elfen daraus ihre farbenfrohen Häuser aus Blüten und Blättern bauen konnten. Magische Pflanzen wie die Feuerrose oder das Fuchshütchen wurden immer seltener und verschwanden schließlich ganz.

Fünf lange Jahre wuchs Surah nun schon im Schloss der Schattenelfenkönigin auf, und ihre einzigen Freunde waren Ophiras Nichte Nuray, der das Treiben ihrer Tante zutiefst missfiel, und Jaro, der im Schattenelfenreich mit seinem Wolf Lykos durch die Wälder streifte und die beiden Mädchen ab und zu besuchte. Doch Surah hatte ihr früheres Leben nicht vergessen. Immer wenn sie allein waren, erzählte sie ihrer Freundin Nuray vom Reich der Sonnenelfen und von ihrer Zwillingsschwester Sera. Sie war überzeugt, dass Nuray sich mit Sera gut verstehen würde. Oft betrachteten die beiden wehmütig ihre Halsbänder, die mit einer geschliffenen Mondsichel geschmückt waren – das einzige Geschenk, das Ophira den beiden je gemacht hatte, und träumten von einem Leben in Freiheit.

Eines Tages entschlossen sich Surah und Nuray, mithilfe von Jaro und Lykos einen Fluchtversuch zu unternehmen. Doch es war nicht leicht, Ophira zu täuschen. Von der Plattform des höchsten Schlossturms, der verziert war mit riesigen, majestätischen Drachenstatuen, konnte sie beinahe das ganze Land überblicken. Sie verbrachte viel Zeit dort oben, dort war ihre Magie am stärksten. Und sie spürte sofort, dass etwas nicht in Ordnung war.

»Surah«, zischte sie leise. Ihre schlanke Gestalt zeichnete sich im bleichen Mondlicht als Schatten ab. In ihrem langen pechschwarzen Haar glitzerte das goldene Diadem, Zeichen ihrer Königswürde. Sie schlug unheilvoll mit ihren dunklen Federschwingen. »Was tust du?« Gebieterisch wandte sie sich an ihre Wachen. »Findet sie. Durchsucht das ganze Schloss.«

Neben ihr auf der Balustrade hockte Munyn, ihr treuer Rabe. Als er die Stimme seiner Herrin hörte, schlug er aufgeregt mit den Flügeln und krächzte heiser. Er war das fliegende Auge Ophiras.

Was sie nicht selbst sehen konnte, erblickte sie dank ihrer Magie durch seine Augen, wenn er durch *bayala* streifte.

Während Ophira alles daransetzte, Surah und Nuray aufzuspüren, hasteten die beiden durch die langen Gänge des Schlosses, gefolgt von Kuack, Surahs treuem Papagei, der sich alles andere als wohl in seinen Federn fühlte. Er blickte ängstlich zurück, um sicherzugehen, dass sie nicht verfolgt wurden.

»Surah, hier entlang«, rief Nuray und nahm ihre Freundin bei der Hand. Doch sie hatten nicht damit gerechnet, dass Ophiras Wachen schon alarmiert waren.

»Halt.« Aus einem Seitengang tauchten zwei Schattenelfen aus dem Dunkel auf. »Halt im Namen von Königin Ophira.« Langsam gingen die Wachen auf die Mädchen zu. Surah und Nuray wichen erschrocken zurück. Sollte ihre Flucht, gerade erst begonnen, schon zu Ende sein?

Die Wachen wollten die Mädchen ergreifen, als aus einem der Gänge plötzlich ein unheilvolles Grollen zu vernehmen war. Im Schein der düsteren Lampen stand Lykos, der riesige Wolf von Jaro. Seine gelben Augen funkelten gefährlich.

Die Schattenelfen trauten ihren Augen nicht. Ein Wolf? Noch bevor Lykos zum Sprung ansetzen konnte, rannten sie los, was das Zeug hielt.

»Hilfe«, riefen sie entsetzt. »Bitte friss uns nicht. Wir schmecken scheußlich.«

Lykos blickte ihnen erstaunt nach und wedelte mit dem Schwanz. In ganz *bayala* gab es bestimmt keinen gutmütigeren Wolf als ihn. Nie im Leben hätte er auch nur einer Fliege etwas zuleide tun können, geschweige denn einer Elfe. Aber das wussten die beiden nicht, und weil Jaro es ihm befohlen hatte, hetzte er den beiden Wachen in Windeseile hinterher. Kaum waren sie um die nächste Ecke verschwunden, flog Jaro zu Surah und Nuray.

»Ladys«, begrüßte er die beiden, grinste schief und folgte Lykos und den Wachen.

»Danke, Jaro«, rief Surah erleichtert. Mit seiner Hilfe konnte die Flucht vielleicht doch noch gelingen. Eilig flog sie mit Nuray weiter.

Die Freiheit schien greifbar nahe. Die Mädchen hatten gerade ein Fenster erreicht, durch das sie entfliehen konnten, doch in den Gängen wimmelte es von Wachen. Es waren einfach zu viele, und jetzt hatten sie den Spieß umgedreht. So jagten Jaro und Lykos durch die Gänge, bis sich alle auf dem kleinen Vorplatz am Fenster wiederfanden.

»Ergebt euch«, rief der Anführer der königlichen Garde.

»Niemals«, entgegnete Surah entschlossen und schüttelte den Kopf. Ihre einstmals blauen Augen waren während des Aufenthalts im Schattenschloss dunkel geworden. Auf einmal glomm in ihnen ein Funke auf, der sie beinahe genauso gefährlich aussehen ließ wie Ophira.

Nuray blickte sie erschrocken an.

»Nein, Surah«, rief sie. Ihr schwante Böses. »Du hast es nicht unter Kontrolle.«

Die Wachen betrachteten Surah misstrauisch. Was sollte das werden? Sicher, Surah war kein kleines Mädchen mehr wie bei ihrer Ankunft. Aber was wollte sie schon gegen die Garde der Königin ausrichten?

Surah schüttelte noch einmal entschlossen den Kopf. Fünf Jahre Gefangenschaft, fünf Jahre ohne ihre Familie und ohne das Licht und die Blumen im Sonnenelfenreich, das war genug. In diesen fünf Jahren war sie nicht tatenlos gewesen. Sie hatte gelernt ... und geübt ... Entschlossen streckte sie ihre Hände aus und konzentrierte sich. Auf einmal funkelte eine kleine rosafarbene Flamme auf jeder ihrer Handflächen. Sie wurden schnell größer und tanzten auf Surahs Händen wie Wirbelstürme.

Die Wachen wichen erschrocken zurück. War das etwa der Sturmzauber? Niemand konnte die Stürme beherrschen. Niemand, außer Ophira ...

Surah funkelte die Wachen böse an. Die Macht über die Stürme hatte schon immer in ihr geschlummert. Jetzt war der Moment gekommen, sie zu nutzen. Doch plötzlich kam sie aus dem Gleichgewicht. Die Wirbel in ihren Händen wuchsen und wurden stärker. Nuray hatte recht gehabt. Sie konnte sie nicht kontrollieren.

Die Wirbel zogen und zerrten an Surah wie an einem Fähnchen im Wind. Sie taumelte von einer Wand zur anderen.

»Nein«, schrie sie verzweifelt. »Neeiiin ...«

Die Sturmwirbel sprangen von ihrer Hand und fegten unkontrolliert im Raum herum. Alle rannten wild durcheinander und versuchten, ihnen zu entkommen. Die Wachen flohen in die Gänge zurück. Auch wenn Surah keine Kontrolle mehr über die Stürme hatte, schienen sie doch ihren Zweck zu erfüllen. Die Rettung lag schon greifbar nahe, als Nuray mit dem Fuß in einen der Wirbel geriet und direkt in die Arme der Wachen geschleudert wurde.

»Nuray«, schrie Surah entsetzt und wollte ihr helfen. Doch Jaro hielt sie zurück. Wenn es eine Chance gab, den Wachen zu entkommen, dann jetzt.

»Du kannst ihr nicht helfen«, rief er und zog Surah mit sich aus dem Fenster.

»Ich komme wieder und hole dich.« Verzweifelt warf Surah einen letzten Blick zurück. »Ich verspreche es.«

Dann waren sie weg: Nach einem waghalsigen Sturzflug glitten Surah, Jaro und Kuack entlang der steilen Schlossmauer durch die Nacht, während Lykos flink von Mauervorsprung zu Mauervorsprung sprang, bis er unten ankam.

Von ihrem hohen Turm blickte Ophira ihnen wütend nach.

»Flieg, so schnell du willst«, flüsterte sie grimmig. »Es wird dir nichts nutzen. Bald wird ganz *bayala* mir gehören.«

Die ganze Nacht waren Surah und Jaro auf Lykos' Rücken in Richtung des Sonnenelfenreichs geritten. Kuack flatterte unermüdlich um sie herum. Beim Glitzern der ersten Sonnenstrahlen konnten sie endlich die schlanken, hohen Türme des Sonnenelfenschlosses mit ihren bunten, blütengeschmückten Terrassen und Balkonen sehen. Ach, wie hatte sich Surah nach diesem Anblick gesehnt. Fünf lange Jahre ... Und doch kam weder bei ihr noch bei Jaro Freude auf. Beide blickten traurig auf das wunderschöne Schloss, das ganz aus Blumen gebaut in der Morgensonne erstrahlte. Girlanden und Blüten säumten den breiten Weg bis zum Tor. Aber die Gedanken der beiden waren bei Nuray, die im Schloss der Schattenelfen zurückgeblieben war.

»All die Jahre habe ich davon geträumt, nach Hause zu kommen. Aber immer mit Nuray an meiner Seite. Und jetzt?« Traurig blickte Surah Jaro an und nahm seine Hand. »Komm du mit mir, Jaro.«

Jaro seufzte und schüttelte den Kopf.

»Du weißt, dass Schattenelfen wie ich hier nicht willkommen sind«, sagte er. »Aber ich komme zurück. Versprochen.« Sanft streichelte er Surah zum Abschied über die Wange. Dann machte er sich mit Lykos auf den Weg zurück. Kurz bevor sie im Blütenwald der Sonnenelfen verschwanden, stießen die beiden ein trauriges Wolfsgeheul aus. Surahs Rettung war zwar geglückt. Aber um welchen Preis?

Traurig blickte Surah den beiden hinterher. Erst hatte sie Nuray verloren und jetzt auch noch Jaro und Lykos. Sie fühlte sich einsam und verlassen, ganz allein auf der weiten Welt. Beinahe stiegen ihr die Tränen in die Augen, als sie hinter sich ein leises Knarren hörte. Eilig wandte sie sich um. Ein blondes Mädchen hatte das Tor zum Schloss einen Spaltbreit aufgeschoben und linste neugierig heraus. Sie hatte helle bunte Blütenflügel und sah ganz anders aus als sie selbst. Surah hatte braunes Haar, dunklere Augen, und ihre Flügel waren aus Federn. Und doch ... Alles an diesem blonden, strahlenden Mädchen mit den sanften Augen erinnerte Surah an sich selbst.

Das Mädchen kam näher und betrachtete sie genau.

»Surah?«, fragte sie schließlich ungläubig, und als Surah nichts sagte, wiederholte sie noch einmal: »Surah? Bist du es wirklich?« Sie musterte Surah zweifelnd. Doch dann schloss sie Surah mit einer plötzlichen Bewegung überglücklich in ihre Arme. »Ich bin es. Sera, deine Zwillingsschwester. Ich dachte schon, wir hätten dich für immer verloren ...« Sie stutzte. »Wie bist du Ophira nur entkommen?«

Surah seufzte. Wie sollte sie Sera klarmachen, was im Schattenschloss vorgefallen war? Die letzte Nacht war einfach zu viel für sie gewesen. Wenn sie an Nuray dachte, kamen ihr gleich wieder die Tränen.

Plötzlich machte Sera einen Schritt zurück.

»Deine Flügel«, rief sie erschrocken. Doch sie fand ihre Fassung gleich wieder. »Du warst so lange in Ophiras Schloss gefangen, dass du die Flügel der Schattenelfen bekommen hast.«

Surah verzog das Gesicht. Darüber hatte sie noch nie nachgedacht. Sie hatte beinahe vergessen, dass die Sonnenelfen helle bunte Blütenflügel hatten und nicht die etwas dunkler gefärbten Federn der Schattenelfen.

Sera bemerkte die Verwirrung ihrer Schwester.

»Aber das sind doch nur Flügel.« Eilig winkte sie ab. »Du bist meine Schwester. Willkommen zu Hause.« Damit schloss sie Surah fest in ihre Arme.

Surah zögerte. Zu frisch war die Erinnerung an ihre wilde Flucht und an Nuray, die sie im Schattenelfenreich zurückgelassen hatte. Aber hatte sie sich das nicht immer erträumt? Bei ihrer Familie zu sein, in den Armen ihrer geliebten Schwester? Langsam glitt ein Lächeln über Surahs Gesicht. Und dann erwiderte sie die Umarmung ihrer Schwester. Endlich, endlich war sie wieder zu Hause.

Begegnung mit dem Drachen

Fünf Jahre waren seit Surahs Flucht aus dem Schloss der Schattenelfenkönigin vergangen. Ophiras Macht war ungebrochen und *bayala* inzwischen ein gespaltenes Land, in dem die Magie immer weiter schwand. Auch *bayala*s große Magierin Bilara war wie die Drachen verschwunden. Sie wäre vielleicht als Einzige in der Lage gewesen, Ophira aufzuhalten. Die Elfen der verschiedenen Stämme zogen sich in ihre eigenen Königreiche zurück und trafen sich nur noch sehr selten. Nur manchmal gedachten sie noch der Weisheit Bilaras:

»Kind und Wasser,
Blatt und Stein,
alles anders,
alles eins. ...«

Manchmal kann das Allerkleinste das Größte bewirken. Das hatte Bilara immer gesagt. Wie nah dieses Allerkleinste war, das alles ins Rollen brachte und große Ereignisse auslöste, ahnte allerdings niemand. Es handelte sich um eine einfache Nuss. Sie fiel in der Nacht vor der Krönung Eyelas zur neuen Königin der Sonnenelfen von einem Baum, in dem die kleine Marween zusammen mit ihrem Waschbären Piuh lebte.

Während Marween und Piuh in ihrem luftigen Blätterbett hoch oben in den Ästen in tiefem Schlaf lagen, kullerte die Nuss, die Piuh als Notration angelegt hatte, hinunter. Sie fiel von Ast zu Ast, bis sie schließlich auf einem alten, moosbewachsenen Stein aufschlug.

Das war an sich ja nichts Besonderes. Doch plötzlich, von Marween und Piuh unbemerkt, drang ein leises Fauchen aus dem Stein. Ein wundersamer Schimmer ging von ihm aus. Das Ganze währte nur kurz, dann war alles vorbei. Doch es genügte, um weit, weit entfernt eine Reaktion auszulösen ...

Die Drachen waren nämlich nicht verschwunden. Zumindest nicht alle. Antylar und Faraun hatten sich auf den höchsten Berg *bayala*s, den Drachengipfel, in eine Höhle zurückgezogen. Beide hingen, Fledermäusen gleich, von der Decke und schliefen dort seit Jahren unentdeckt und unbehelligt. Doch mit einem Mal öffnete Faraun erst ein Auge, dann das zweite. Beinahe gleichzeitig erwachte auch Antylar. Die beiden blickten sich an. Es war, als seien sie von dem leisen Fauchen aus dem Stein weit unten im Tal bei Marweens Baum geweckt worden. Das war kaum denkbar, aber was sonst sollte zu so früher Stunde und nach all den Jahren ihren Drachenschlaf gestört haben? Bilaras Spruch vom Allerkleinsten, das Großes auslöst, sollte sich bewahrheiten ...

Faraun und Antylar waren hellwach und traten nach draußen auf den schneebedeckten Vorplatz ihrer Höhle. Im ersten Sonnenlicht des gerade beginnenden Tages konnte man sie genau erkennen. Ihre schlanken, eleganten Körper waren über und über mit schimmernden Schuppen bedeckt, die in der Morgensonne in bunten Farben erstrahlten. Mit ihren sanften, großen Augen blickten sie verwundert hinab auf *bayala*. Es war schon lange her, dass sie einen Sonnenaufgang gesehen hatten. Trotzdem zögerte Antylar keinen Augenblick. Er breitete seine großen Schwingen aus und flog los. Faraun blickte ihm besorgt hinterher.

Antylar schien das zu spüren. Er flog noch einmal zurück, warf Faraun, wie um sie zu beruhigen, einen langen Blick zu und flog dann hinunter nach *bayala*, das sie vor langer Zeit zurückgelassen hatten. Zielstrebig steuerte er auf den Wald in Soleyas, dem Reich der Sonnenelfen, zu. Den Wald, in dem Marween und Piuh noch in tiefstem Schlaf lagen.

Jemand anderes in Soleyas war allerdings schon lange wach. Surah zog es jede Nacht hinaus, um mit ihren Federflügeln in der Dunkelheit durch die Wälder zu fliegen. Sie konnte einfach nicht anders, es war das Erbe ihrer Kindheit bei den Schattenelfen. Die anderen Sonnenelfen konnten mit ihren Blütenflügeln nur im Licht der Sonne fliegen. Obwohl Surah sich freute, wieder bei ihrer Familie zu sein, genoss sie doch auch die Ruhe und die Stille der Nacht. Begleitet von ihrem treuen Kuack flog sie durchs nächtliche Sonnenelfenreich und sang leise ihr Lied:

»Ich fliege mit dem Wind
Und fühl mich wie ein Kind
So leicht so frei und unbeschwert
Es gibt nichts, was meine Freiheit hier stört
Und wird es Nacht, dann drängt es mich raus
Wo, sag mir, wo bin ich zu Haus?
Ich frag mich, wer ich bin. Und wo gehör ich hin?«

Diese Frage beschäftigte Surah, seit sie zurückgekommen war. Sie spürte, dass sie anders war als alle anderen Sonnenelfen, die sie wegen ihrer Federflügel oftmals misstrauisch musterten. Natürlich konnte man ihnen das nicht verübeln. Sie erinnerten sie an die ständige Bedrohung durch Ophira. Aber auf der anderen Seite war sie doch nur Surah, die ... nun ja, vielleicht etwas geheimnisvolle Schwester von Sera und Eyela.

Eifrig flatterte Kuack hinter ihr her und erschrak, als er einen Blick zurück zur Erde und den Bäumen warf. Sie befanden sich in schwindelerregenden Höhen, doch Surah schien gar nicht daran zu denken, umzukehren. Sie flog höher und immer höher, bis sie ein paar übermütige Purzelbäume zwischen den vom ersten Sonnenschein leuchtenden Wolken schlug. Diese Augenblicke waren ihr die liebsten.

Wenig später, erfrischt von der Kühle des Morgens, flatterte Surah hinunter in den Wald. Sie setzte sich auf einen Ast und ließ ihren Blick über die Wiese am Bachufer streifen. Erschöpft landete Kuack neben ihr und seufzte erleichtert. Endlich eine Pause …

Surah streichelte sein Köpfchen, nahm ihn auf den Arm und flog mit ihm hinunter zum Bach. Sie hatte das Schloss heute nicht einfach nur zum Fliegen in der Nacht verlassen. Sie war aus einem ganz bestimmten Grund hier.

»Also, wo bist du?«, flüsterte sie leise. »Sera meinte, du seist hier früher einmal gewachsen.« Surah war auf der Suche nach einer ganz bestimmten Pflanze.

Kuack stolperte und plumpste vor eine Gruppe dunkler, vertrockneter Blumen. Surah betrachtete sie traurig und nahm Kuack wieder auf ihren Arm.

»Heute wächst hier wohl nichts mehr«, sagte sie düster.
»Das Welken hat sie alle getroffen.«

Bevor Surah sich ihren trübsinnigen Gedanken über das große Pflanzensterben in *bayala* hingeben konnte, wurde sie von einem seltsamen Geräusch abgelenkt. Ein Luftzug, fast wie eine sanfte Brise, war zu spüren, und das Sausen großer, majestätischer Schwingen drang an ihr Ohr. Nur ein paar Sekunden später landete ein Drache auf der anderen Seite des Bachs. Es war Antylar, auf der Suche nach dem Ursprung des seltsamen Geräuschs, das er und Faraun gehört hatten. Surah traute ihren Augen nicht. Sie hatte noch nie einen Drachen gesehen, aber wenn es sie noch gab, dann musste das einer sein. Erschrocken hielt sie Kuack mit beiden Händen fest.

»Ei-ein Drache«, stammelte sie fassungslos. »Kuack, das ist ... ein Drache. Sieh dir das an.«

Kuack fühlte sich ganz und gar nicht wohl in seinen Federn. Er war ja sehr schön, dieser Drache, mit seinen blau glänzenden Schuppen, den Schnörkeln an Hals und Beinen und den bunten, riesigen Flügeln. Aber so ganz aus der Nähe musste er ihn nun auch nicht unbedingt sehen. Wer wusste schon, was dieser Drache nach all den Jahren vorhatte? Und vor allem, wie er gelaunt war ...

Antylar betrachtete Surah und Kuack aufmerksam und schnaubte leise. Dann reckte er seinen langen Hals und trank in aller Seelenruhe ein paar Schlucke aus dem Bach.

»Wow«, flüsterte Surah. Langsam dämmerte ihr, was das bedeutete, und Freude erfüllte ihr Herz »Das ... das heißt ja, dass es sie immer noch gibt.«

Antylars Durst schien gestillt zu sein. Er reckte seinen Hals noch ein bisschen weiter, bis sein Gesicht direkt vor dem von Surah und Kuack war. Surah betrachtete ihn mit großen Augen. Kuack schluckte. Antylar schnaubte wieder und blies einen sanften Luftstrom aus seinen Nüstern, Surah direkt ins Gesicht. Kuack wehte es glatt ins nächste Gebüsch. Im Moment schien ihm Verstecken die allerbeste Lösung. Allerdings konnten die dürren Zweige kaum seinen gelben Schnabel und seinen gut gepolsterten Papageienbauch verdecken.

Surah überlegte, was jetzt wohl zu tun war. Entschlossen wandte sie sich mit einer Willkommensgeste an Antylar.

»W-w-willkommen im Seich der Ronnenselfen«, rief sie aufgeregt, um sich gleich darauf zu korrigieren: »Äh, ich meine natürlich: willkommen im Reich der Sonnenelfen.«

Antylar blickte sie erstaunt an und gab einige merkwürdig klingende Töne von sich. Es war ganz offensichtlich, dass er Surah etwas fragen wollte.

Sie hob bedauernd die Schultern.

»Es tut mir leid«, sagte sie traurig, »Ich kann dich nicht verstehen.«

Antylar warf ihr einen forschenden Blick zu. Dann schüttelte er den Kopf und seufzte niedergeschlagen. Er schnaubte, und sein Atem strich noch einmal über die Wiese. Dann breitete er die Flügel aus und flog davon, ohne sich noch einmal umzusehen.

Surah blickte ihm lange nach. Ein Drache ... Sie konnte es einfach nicht fassen.

»Es war ein Drache«, jubelte sie plötzlich, als Antylar schon hoch in der Luft und nur noch ein Punkt am Horizont war. Sie machte einen Luftsprung. Als sie endlich den Blick vom Himmel wandte und sich umsah, traute sie ihren Augen nicht. Überall um sie herum wuchs, gedieh und blühte alles, was vorher vertrocknet und verwelkt gewesen war.

»Wow«, rief Surah und beugte sich über die Blüten. Auch Kuack war wieder aus seinem Versteck gekommen und staunte nicht schlecht. »Der Atem des Drachen hat die Pflanzen geheilt. Das ist seine Magie.«

Sie pflückte zwei der Blüten.

»Sera wird platzen vor Freude, wenn sie die sieht«, sagte Surah. Doch plötzlich hielt sie inne. Alle Farbe wich aus ihrem Gesicht. Ach, du liebe Zeit ... Vor lauter Fliegen und Drachen hatte sie das Wichtigste ganz vergessen.

»Die Krönung«, rief sie aufgeregt und schlug sich mit der Hand an die Stirn. Eilig sprang sie auf. »Los, Kuack, komm.«

Wie der Blitz flog sie zurück zum Schloss. Heute war der Tag der

Krönung ihrer Schwester Eyela zur Königin der Sonnenelfen. Als älteste Tochter würde sie nach einem Trauerjahr ihrem Vater auf den Thron folgen. So bestimmten es die uralten Gesetze der Sonnenelfen. Wie hatte Surah das auch nur einen Moment lang vergessen können?

Auch über Marweens Baumhaus war inzwischen die Sonne aufgegangen. Natürlich hatte sie keine Ahnung, was Piuhs kleine Nuss in der Zwischenzeit alles ausgelöst hatte.

»Uaaah«, gähnte sie und reckte die Arme.

Piuh ließ sich davon nicht stören. Er zog ein Blatt über sich und schlief einfach weiter. Marween setzte sich auf.

»Ich hatte wieder diesen Traum«, sagte sie nachdenklich. »Es war, als würde mich jemand rufen ...« Sie blickte sich um. »Guten Morgen, Spinne ...« Eine kleine Spinne krabbelte ihr geschwind auf die Hand. Marween beugte sich vor und streichelte die Blätter des Baums. »Guten Morgen, mein lieber alter Baum.«

Piuh kuschelte sich noch weiter unter das Blatt. Unglücklicherweise rutschte er dabei immer weiter an den Rand des Betts, und bevor er sich versah, fiel er im Sturzflug vom Baum. Das war kein Erwachen nach seinem Geschmack. Entsetzt quiekte er auf. Hätte nicht im letzten Moment eine Ranke seinen Sturz aufgehalten, wäre er ungebremst auf den Stein unterhalb des Baums gekracht. So aber hatte er Glück im Unglück und landete ziemlich sanft darauf. Doch die Erschütterung genügte, um den Stein wieder zum Wackeln zu bringen. Ein leises Fauchen drang heraus.

»Piuh?« Marween hüpfte eilig über die Äste und Wurzeln des alten Baums zu ihm hinunter. »Bist du okay?« Sie runzelte die Stirn. »Was sind denn das für seltsame Geräusche? Das klingt ja beinahe so wie in meinen Träumen.«

Neugierig beugte sie sich über den moosbewachsenen, dreckigen Stein, der sich kaum von den anderen herumliegenden Steinen unterschied. Ein leises Flüstern und Wispern drang heraus.

Marween traute ihren Ohren nicht.

»Oh«, sagte sie leise. »Ein Stein, der sprechen kann?« Sie warf Piuh einen zweifelnden Blick zu. Der hatte natürlich auch keine Erklärung parat. Er hielt es allerdings für angebracht, etwas Abstand zu diesem seltsamen Objekt zu halten.

Nicht so Marween. Aufgeregt sprang sie auf.

»Bei meinen Flügeln«, rief sie begeistert. »Es ist ein sprechender Stein.« Sie rüttelte mit aller Kraft daran. »Das ist das perfekte Geschenk für unsere neue Königin.« Der Stein ließ sich allerdings keinen Zentimeter von seinem Platz bewegen.

Aber so leicht gab Marween nicht auf. Sie zupfte ihr hellgrünes Kleid zurecht, zog ihre geringelten Strumpfhosen hoch und lehnte sich gegen eine dicke Wurzel des Baums, um sich mit aller Kraft gegen den Stein zu stemmen. Es musste doch möglich sein, ihn zu bewegen. Die künftige Königin Eyela würde ja wohl kaum herkommen, um ihr Geschenk abzuholen. Marween musste den Stein schon zu ihr bringen.

Da trafen die ersten Sonnenstrahlen Marweens blütenweiße Flügel, und im Licht erglänzten sie wie mit Diamanten besetzt.

»Endlich«, rief sie und lachte. »Zeit zum Fliegen.« Es wäre doch gelacht, wenn sie den Stein mithilfe ihrer Flügelkraft nicht aus der Erde ziehen könnte.

Sie zog und flatterte und mühte sich ab. Auch Piuh hatte sich entschlossen zu helfen und drückte von der anderen Seite mit aller Kraft gegen den Stein. Schließlich, nach viel Schieben und Zerren und Ziehen und Mühen, ploppte der Stein plötzlich aus der Erde.

Marween hielt den großen Brocken in Händen und flatterte auf und ab. Doch das Ding war so schwer, dass sie ihren Flug kaum kontrollieren konnte. Bereits nach ein paar Metern blieb sie an einer Wurzel hängen und fiel unsanft zu Boden.

»Also, bei meinen Flügeln …«, stöhnte sie. Sie hätte nicht gedacht, dass es eine solch schwere Arbeit sein könnte, diesen Stein zu bewegen. Aber sie wäre nicht Marween, wenn sie so schnell aufgegeben hätte. Wieder stemmte sie sich dagegen und rollte ihn weiter bis zu dem schmalen, abschüssigen Weg, der zur großen Straße führte.

Jetzt war der Stein plötzlich gar nicht mehr zu halten. Immer schneller holperte und stolperte und rollte er den Weg hinunter. Marween starrte ihm fassungslos nach. Dann schoss sie wie der Blitz hinterher.

Überraschung am Morgen

Der Stein purzelte munter über Stock und Stein und wurde schneller und schneller. Marween flog hinter ihm her, so schnell sie konnte. Piuh rannte hinter ihr her. So ging es den Weg hinunter wie die wilde Jagd. Auf der holprigen Strecke fielen immer mehr Moos- und Dreckstücke von dem Stein ab. Er wurde runder und runder und legte an Geschwindigkeit zu. Marween holte ihn erst ein, als er schon in rasantem Tempo die große Straße hinunterkullerte. Auf dieser zog gerade eine lang gestreckte Karawane der Regenbogenelfen zum Schloss, auf dem Weg zu Eyelas Krönungsfeier. Schon lange hatte es keinen solchen Anlass mehr gegeben, zu dem sich alle Elfen trafen. Deshalb wollten so viele wie möglich bei dem Spektakel dabei sein. Die Straße war voll von Reitern, Wagen und Fußgängern.

Der Stein war auf dem besten Weg, direkt in die Karawane hineinzurollen. Doch kurz bevor sie den Zug eingeholt hatten, gelang es Marween, auf dem Stein zu landen und darauf zu balancieren. Das würde ihn zwar nicht aufhalten, aber so konnte sie wenigstens seine Richtung beeinflussen.

»Oh, oh, oh«, rief sie und hielt sich mit Mühe auf dem wackeligen Stein. »Aaachtung, Vooorsicht ...«

Verdutzt drehten sich die Elfen am Ende der Karawane um. Aber da war es fast schon zu spät.

Marween raste auf sie zu, und nur mit einem verzweifelten Sprung zur Seite konnten die Elfen sich in Sicherheit bringen. Wenigstens gelang es Marween, an den ersten Wagen der Karawane vorbeizusteuern.

»Achtung, passt auf«, schrie sie laut und fuchtelte wild mit den Armen. Auch weiter vorn sprangen die Elfen erschrocken zur Seite.

Piuhs Interesse an dem Stein war ziemlich schnell erlahmt, als sie die ersten Wagen erreicht hatten. Auf den Ladeflächen stapelten sich nämlich jede Menge Leckereien: Beeren, Früchte und Obst für die Krönungsfeier. Hastig griff Piuh danach, denn Hunger hatte er eigentlich immer. Doch bevor er sich den Bauch vollschlagen konnte, geriet auf einmal der ganze Zug in Panik.

Das lag nicht etwa an Marweens Stein, der jetzt, als die Straße flacher wurde, langsamer rollte und endlich zum Stillstand kam.

Nein, alle starrten entsetzt zum Himmel empor, warfen sich zu Boden oder versteckten sich in den Wagen. Verwundert blickte Marween um sich.

»Ach, du dicker Regenbogen«, rief ein Regenbogenelf. »Eine Schattenelfe ... schnell, in Deckung.«

»Es ist Ophira«, schrie ein anderer entsetzt. »Sie greift uns an. Rette sich, wer kann ...«

Nur Marween wagte es, genauer hinzuschauen.

»Bei meinen Flügeln«, rief sie erstaunt. »Das ist Surah.« Sie drehte sich zu Piuh um, der in diesem Augenblick mit seiner Beute angesaust kam und ungebremst gegen den Stein prallte. »Piuh, sieh nur. Sie ist es.« Begeistert starrte Marween nach oben. Tatsächlich: Hoch über der Karawane flog Surah. Sie war auf dem Weg zum Sonnenelfenschloss und sehr in Eile. Die Krönung sollte bald beginnen ... Von dem Durcheinander, das sie unten auf der Straße bei den Regenbogenelfen verursachte, bekam sie kaum etwas mit.

Empört stemmte Marween die Hände in die Hüften.

»Das ist keine Schattenelfe«, klärte sie die Regenbogenelfen auf. »Das ist Prinzessin Surah, ihr Angsthasen.«

Mit großen Augen starrten die Elfen Surah hinterher, die bereits am Horizont verschwand. Erleichtert krochen sie wieder aus ihren Verstecken.

»Habt ihr in der Schule nicht aufgepasst?«, rief Marween und schüttelte ärgerlich den Kopf. »Elfenkunde Lektion eins – Die Geschichte der Sonnenelfen. Prinzessin Surah hat Federflügel, weil sie im Schattenreich gefangen war, als ihre Flügel im Wachstum waren. Wusstet ihr das nicht?«

Die Regenbogenelfen beruhigten sich. Sie ließen sich die Laune nicht lange verhageln. Die Geschichte kannten sie wohl, aber keine von ihnen hatte Surah jemals zu Gesicht bekommen. Alle nahmen wieder auf den Wagen Platz und zogen hinter Marween her, die auf ihrem Stein balancierend voranrollte.

»Surah ist die einzige Sonnenelfe, die nachts fliegen kann ...«, fuhr Marween fort. »Die einzige.« Sie kam ins Schwärmen. »Ich wünschte, ich wäre wie sie.«

Schon immer hatte sie die geheimnisvolle Surah bewundert. Nie hätte sie daran gedacht, ihr einmal so nahe zu kommen. Doch jetzt, bei der Krönung, wer weiß, könnte sie ihr vielleicht tatsächlich begegnen. Obwohl das bei dem Trubel, der auf der Straße zum Schloss herrschte, beinahe unmöglich schien. Marween ahnte nicht, wie bald ihr Traum in Erfüllung gehen sollte ...

Surah schwang sich durch die Lüfte. Nach der Begegnung mit dem Drachen war sie überglücklich. Und in der Tat: Es war auch ohne Drachen wirklich ein wunderschöner Morgen. Die Sonne schien, die Tautropfen glitzerten an den Blättern der Bäume und Blumen, und in der Ferne ragte majestätisch das Schloss der Sonnenelfen mit seinen leuchtenden, farbenfrohen Türmen aus bunten Blüten in die Höhe. Ums Schloss herum glänzten die für die Krönung Eyelas herausgeputzten Hütten und Häuser der Sonnenelfen, die an diesem wichtigen Tag schon auf den Beinen und beim Frühstück waren.

»Was für ein Morgen«, rief Surah und schwang sich übermütig um eine Ranke eines hohen Baums. Kuack folgte ihr, so gut es eben ging. Auch er freute sich auf die Krönung, aber musste Surah deshalb immer gleich so schnell fliegen und waghalsige Turnübungen vollbringen? Wenn es nach ihm ging, ganz sicher nicht. Aber wer fragte ihn schon?

Surah hatte inzwischen die Häuser der Sonnenelfen erreicht.

»Guten Morgen«, rief sie und winkte.

»Guten Morgen«, schallte es ihr von den Kindern auf den Straßen entgegen.

Nur einige verschlafene Elfen, die sich eben erst an den Frühstückstisch gesetzt hatten, wurden von ihr überrascht.

»Ach, du meine Güte«, rief ein Sonnenelf, dessen Frau ihm vor Schreck den Frühstückstau über sein Gewand goss, als Surah vorbeiflog.

Surah kicherte und flatterte eilig weiter, begeistert verfolgt von den Sonnenelfenkindern. Das gefiel Kuack.

Was Kuack und Surah bei all dem Trubel nicht bemerkten, waren eine Sonnenelfenfrau und ihr Mann, die besorgt ihren Vorgarten betrachteten. Der Elf berührte eine Blüte, die in seinen Fingern einfach zu Staub zerfiel. Sogar hier, in direkter Nähe zum Sonnenelfenschloss, hatte das große Welken also schon begonnen.
Und das bedeutete: Ophiras Macht wuchs und wuchs. Wenn es so weiterging, würde sie nichts mehr aufhalten, Eyelas Krönung hin oder her.

Surah wollte vom großen Welken an diesem bedeutsamen Tag nichts hören. Sie schwang sich hoch hinauf, an den schlanken Türmen des Schlosses entlang bis zu der luftigen Plattform, auf der ihre Zwillingsschwester Sera ihre Blumen zog.

»Frühstückszeit, meine kleinen Pflanzen«, sagte Sera gerade liebevoll und flatterte mit der Gießkanne zwischen den Blumen und Kräutern umher. Ihre Pflanzen waren ihr das Liebste auf der Welt – abgesehen von ihren Schwestern Surah und Eyela natürlich. Sie verstand sich auch wie keine andere auf das Wesen und die Magie der Pflanzen. Das hatte sie von Magus Bilara gelernt, bevor diese verschwunden war.

»Alle bekommen einen ordentlichen Schluck frisches Wasser ... Für dich ... Und natürlich für dich ...« Sera war ganz in ihre Arbeit vertieft und bemerkte gar nicht, dass Surah und Kuack zu ihr hereinflatterten.

Surah kicherte, schlich sich an ihre Schwester heran und kitzelte sie.

»Huch«, rief Sera erschrocken und wandte sich um. »Ach, du bist es, Surah.« Sie lachte. »Du bist wohl wieder bei Nacht geflogen, was?«

Surah schmunzelte.

»Hier, Sera«, sagte sie anstatt einer Antwort und streckte ihr die geschlossenen Hände hin. »Ich hab dir etwas mitgebracht.«

Neugierig beugte sich Sera vor.

»Überraschung«, rief Surah und öffnete ihre Hände. Darin lagen die golden und orange schimmernden Blüten, die sie nach der Begegnung mit Antylar gepflückt hatte.

Sera konnte es nicht fassen. Eilig nahm sie die Blüten und betrachtete sie genau.

»Unglaublich«, rief sie und fiel ihrer Schwester um den Hals. »Du bist fantastisch.«

Surah lachte.

»Feuerrosen ...« Sera hielt die Blüten zärtlich an ihre Wange. »Ich dachte, das Welken hätte alle erwischt.«

»Das hat es auch«, erwiderte Surah aufgeregt. »Aber ich muss dir unbedingt erzählen, wie ich dazu gekommen bin ...«

Sera blickte sie mit großen Augen an, und je länger sie Surah zuhörte, desto größer wurden sie.

Wenig später waren die beiden in den Gängen des Schlosses unterwegs und flogen in Windeseile zum Thronsaal, in dem in kurzer Zeit die Krönung stattfinden sollte. Sie wollten Eyela so schnell wie möglich von Surahs Erlebnis mit dem Drachen berichten. Dabei übersahen sie allerdings Feya, die neue Hofdame Eyelas, die mit gemessenen Schritten ebenfalls auf dem Weg zum Thronsaal war. In der Hand balancierte sie ein großes Tablett mit frisch gebackenen und heißen Tautröpfchen, einer bayalischen Delikatesse und Eyelas Lieblingsspeise.

»Es ist zwar kein Drachenfest, aber die Krönung wird auf jeden Fall ein Festschmaus«, murmelte sie und schnupperte an den duftenden Tautröpfchen, als Sera und Surah wie der Wind um die Ecke geflogen kamen.

»Achtung«, rief Surah, und Sera ergänzte: »Elfen im Anflug.«

Damit schossen sie an Feya vorbei, die vor Schreck beinahe das ganze Tablett in die Luft geworfen hätte.

»Vorsicht«, rief sie erschrocken. »Passt auf, die gebackenen Tautröpfchen.« Einige der Leckereien drohten zu Boden zu fallen, aber Feya konnte sie gerade noch retten. Eines musste sie allerdings mit der Hand auffangen und verbrannte sich scheußlich die Finger daran.

»Aua.« Feya schüttelte die Hand vor Schmerzen.

Surah und Sera, die fast schon um die nächste Ecke gebogen waren, stoppten.

»Oh je«, rief Surah. »Sera, warte. Sie hat sich die Hand verbrannt.«

Beide flogen eilig zurück.

»Es tut mir so leid«, sagte Sera betrübt und untersuchte Feyas Hand. Was hatten sie und Surah da in ihrem Ungestüm nur wieder angerichtet? »Warte, ich helfe dir.«

Sie stöberte in ihrem kleinen Täschchen und nahm eine getrocknete Blüte heraus. Die drückte sie vorsichtig auf Feyas Finger und konzentrierte sich. Feya und Surah beobachteten sie erstaunt. Doch dann wurde Feya abgelenkt. Sie starrte ängstlich auf Surahs Flügel. Surah bemerkte ihren Blick und errötete. Sera runzelte die Stirn, und ihr schönes, sanftes Gesicht nahm einen ärgerlichen Ausdruck an.

»Das wird deine Hand heilen«, sagte sie ernst. »Aber die Flügel meiner Schwester ändern sich nicht. Ganz egal, wie lange du sie anstarrst.«

»Oh«, machte Feya erschrocken. Sie lief rot an und senkte eilig ihren Blick. »Entschuldige, ich hab es nicht so gemeint ...« Sie hatte von Surahs Schattenelfenflügeln schon gehört. Da sie noch ziemlich neu im Schloss war, hatte sie Surah aber noch nie zu Gesicht bekommen.

Sera nickte. Sie war nicht nachtragend. Für sie war die Sache schon vergessen.

»Psst«, ermahnte sie Feya. »Ich muss mich konzentrieren.« Sie schloss die Augen und umfasste mit ihren Fingern die von Feya. Nach wenigen Augenblicken erschien ein Glitzern und Funkeln in Feyas Hand, und als sie die Finger wieder öffnete, war die Blüte verschwunden ... genauso wie der Schmerz und die Verbrennung.

»So«, sagte Sera schlicht. »Jetzt müsste es besser sein.«

Feya staunte nicht schlecht.

»Wow«, rief sie erfreut. »Danke, Sera.«

Sera winkte ab und lächelte. Mir nichts, dir nichts packte sie Surah bei der Hand und raste wieder los wie ein Wirbelwind.

»Wooahh«, rief Surah überrascht und ließ sich von ihr mitziehen, während Feya immer noch staunend ihre Hand betrachtete.

Doch Sera hatte noch etwas vergessen. Sie kam zurück und griff ohne Weiteres zwei Tautröpfchen an ihren langen, schon etwas abgekühlten Stielen.

»Entschuldige«, rief sie Feya zu und war schon wieder auf und davon. »Ich hab ganz vergessen zu frühstücken ...«

Im Thronsaal wartete Eyela unterdessen mit ihrem treuen Berater Falaroy auf die Krönung. Durch die zarten Blütenfenster fielen sanfte Sonnenstrahlen in den hohen, majestätischen Raum. Der Boden war mit fein gearbeiteten Blumenmustern ausgelegt, und in der Mitte des Saals hing der berühmte Blütenthron der Sonnenelfen an einem langen, gewundenen Stiel von der Decke. Ein würdiger und doch blütenweicher Sitz für die Könige der Sonnenelfen ... und jetzt für ihre Königin. Doch Eyela schien darüber gar nicht glücklich zu sein. Nervös schritt sie vor dem Thron auf und ab.

»Ich fühle mich heute genauso wenig bereit, Königin zu werden, wie vor einem Jahr«, sagte sie traurig und seufzte.

»Ein Jahr der Trauer für den König«, erwiderte Falaroy mitfühlend. »Dann muss das älteste Kind den Thron besteigen.«

Eyela trat an den Blütenthron und begutachtete ihn misstrauisch.

»Ihr kennt die Regeln«, fuhr Falaroy würdevoll fort.

Eyela berührte den Thron leicht, dann setzte sie sich vorsichtig. Doch die Blüte gab nach, Eyela rutschte aus, und einen Moment später plumpste sie sehr wenig königinnenhaft in den Kelch der Blüte.

Falaroys klares und ebenmäßiges Gesicht blieb gelassen. Er verzog keine Miene.

Eyela rappelte sich auf und seufzte. Sie strich eine Strähne ihrer langen hellbraunen Haare zurück.

»Ach, es gibt so viele Probleme«, sagte sie und ließ den Kopf hängen. Ihre großen blauen Augen nahmen einen traurigen Ausdruck an. »Ophiras Macht nimmt stetig zu, die Magie unseres Königreichs schwindet ...« Sie ließ ihre lindgrünen Flügel hängen und ordnete die Falten ihres langen Krönungskleids. »Das Welken ist nicht aufzuhalten. Und die Elfenstämme ...« Eyela lachte freudlos, zog ihre Füße nach oben und umschlang die Knie mit den Armen, »... sie benehmen sich wie Kinder, die um die Aufmerksamkeit ihrer Eltern betteln.«

Ein Ruf unterbrach sie.

»Eyela«, riefen Sera und Surah und stürmten in den Thronsaal.

»Surah hat einen Drachen gesehen«, platzte Sera begeistert heraus und verschluckte sich beinahe, so schnell stolperten die Worte aus ihrem Mund.

Eyela erhob sich und verschränkte die Arme. Ernst blickte sie ihre Schwestern an.

»Ich bin nicht in der Stimmung für eure Scherze, Sera«, sagte sie mit dunkler Stimme.

»Das ist kein Scherz«, erwiderte Sera. Sie zog an Surahs Ärmel und schob sie nach vorn. »Los, erzähl es ihr.«

»Also, ich glaube, es war ein Drache namens Antylar«, sagte Surah bescheiden und lächelte.

Eyela und Falaroy blickten die beiden ungläubig an. Das waren ja wahrhaftig große Neuigkeiten!

Krönung mit Hindernissen

Am Tor zur Stadt der Sonnenelfen herrschte großer Andrang. Von überall her waren die Elfen gekommen. Regenbogenelfen, Eiselfen, Waldelfen und natürlich Sonnenelfen, alle warteten mit Wagen, Gespannen, Körben, Kisten und Geschenken am Tor, um Eyelas Krönung beizuwohnen. Auch die Karawane, mit der Marween angekommen war, wartete darauf, eingelassen zu werden. Doch als Marween mit ihrem großen Stein im Arm – inzwischen hatte sie ihn endlich gebändigt – vortrat, versperrten zwei Torwachen mit breiten Schultern den Weg.

»Pass mal auf, kleine Elfe –«, begann die Wächterin. Bevor sie weiterreden konnte, unterbrach Marween sie ärgerlich.

»Ich heiße Marween«, sagte sie bestimmt. »Nicht ›kleine Elfe‹ ...« Sie mochte noch ein Kind sein, doch das war kein Grund, sie so herablassend zu behandeln.

»Tut mir leid, Marween«, erwiderte die Wächterin ungerührt. Sie und ihr Kollege machten keine Anstalten, aus dem Weg zu gehen. »Steine sind auf der Krönung nicht erlaubt.«

»Genauso wie Wolle, schlechter Atem, Melonen und ...«, zählte der andere Wächter auf. Er hielt inne und warf seiner Kollegin einen Blick zu. »Was war das noch mal?«

Die Wächterin überlegte kurz.

»Hm«, machte sie. »Fingerlose Handschuhe?«

»Klar.« Der Wächter schlug sich mit der Hand an die Stirn. Wie konnte er das nur vergessen? »Keine fingerlosen Handschuhe. Jedenfalls mit ganz großer Sicherheit keine Steine ...«

Marween musterte die beiden ärgerlich. Eins war klar: So schnell würde sie nicht klein beigeben.

»Das ist nicht irgendein Stein.« Sie zeigte auf den Stein, dessen Kruste sich inzwischen an vielen Stellen gelöst hatte. Tatsächlich hatte er ein ungewöhnliches Aussehen. Unter all dem Dreck schimmerte eine glatte, harte Oberfläche. »Das ist ein sprechender Stein. Könnt ihr das nicht hören?«

»Nein, können wir nicht«, sagte die Wächterin streng. »Weil ...«

»... Steine nicht sprechen können«, vollendete ihr Kollege.

»Klar?«, riefen beide und blickten Marween vorwurfsvoll an, als sei das ein schlagender Beweis.

Marween verdrehte die Augen und seufzte.

»Okay«, sagte sie. »Wenn ich meinen Stein nicht mitnehmen darf, dann lass ich ihn eben einfach hier.« Sie trat einen Schritt vor und ließ den Stein mir nichts, dir nichts fallen. Mit einem seltsam klirrenden Geräusch prallte er direkt auf die Füße der Wachen.

»Aaahhhuuu«, schrien beide mit schmerzverzerrten Gesichtern.

»Meine zarten Zehen.« Die Wächterin hielt sich den Fuß, während ihr Kollege jammernd zur Seite humpelte.

Marween nutzte die Gunst der Stunde. Eilig und bevor die Wachen sie aufhalten konnten, rollte sie ihren Stein durchs Tor.

»Wir sehen uns bei der Krönung«, rief sie fröhlich.

Verdutzt blickten die beiden Marween nach. Mit ihren schmerzenden Füßen waren sie kaum in der Lage, sie einzuholen. Piuh, der sich die Verhandlungen aus sicherer Entfernung angesehen hatte, witschte zwischen den Beinen der Wachen durchs Tor.

Der königliche Thronsaal der Sonnenelfen war nicht wiederzuerkennen. Gerade noch waren Eyela und Falaroy mit Surah und Sera allein gewesen. Doch kaum hatten die Wachen die Türen geöffnet, schon strömten Abordnungen aller Elfenstämme herein. Der Saal erglänzte festlich, und alle schnatterten wild durcheinander und schlugen aufgeregt mit den Flügeln. Es dauerte eine ganze Weile, bis sich die jeweiligen Gruppen gefunden hatten. Dann aber standen Sonnenelfen, Regenbogenelfen, Eiselfen und Waldelfen ordentlich aufgereiht in einem Halbkreis und blickten gespannt auf den Blütenthron, vor dem sich Eyela mit ihren Schwestern und hinter ihnen Feya und Falaroy aufgestellt hatten.

Von Eyelas Unsicherheit und Besorgnis war nichts mehr zu spüren. Ruhig ließ sie ihren Blick über die Gesichter der versammelten Elfen schweifen. Da waren der König der Regenbogenelfen und seine Gefolgschaft mit ihren bunten Flügeln, die Eiselfenkönigin in einem äußerst eleganten Hosenanzug und mit sorgfältig hochgesteckten Haaren, der Waldelfenkönig in seinem schlichten grünen Gewand und mit seinem langen Kinnbart. Alle, wirklich alle waren gekommen. Sie betrachteten einander mit einer gewissen Vorsicht, denn sie hatten sich schon lange nicht mehr gesehen. Genau genommen war es beim letzten Drachenfest gewesen, bevor Ophira die Dracheneier gestohlen und Surah entführt hatte ... Mehr als zehn Jahre war das jetzt her. Seither war es mit *bayala* stetig berab gegangen.

»Achtung«, rief Falaroy mit donnernder Stimme. Augenblicklich verstummten alle.

Eyela schritt langsam auf die Krone zu, die auf einem Blätterbett vor ihr lag. Links und rechts von ihr legten Surah und Sera die Hand aufs Herz. Beide waren äußerst bewegt von diesem feierlichen Moment und unglaublich stolz auf ihre Schwester. Eyela machte in ihrem langen, festlichen Kleid und ihrer kunstvoll geflochtenen Frisur einen sehr eleganten und wahrhaft königlichen Eindruck.

Bedächtig nahm sie die Krone und betrachtete sie einen Augenblick, als wolle sie sich ihre künftigen königlichen Verpflichtungen in aller Klarheit vor Augen führen.

»Kind und Wasser, Blatt und Stein«, deklamierte sie dann mit heller und klarer Stimme die von Bilara geprägte Weisheit der Elfen. »Alles anders, alles eins.«

»Kind und Wasser, Blatt und Stein«, wiederholten die versammelten Elfenstämme feierlich wie aus einem Mund. »Alles anders, alles eins.«

Eyela setzte sich die Krone aufs Haar, ein kostbar funkelndes Diadem mit einem großen Diamanten in der Mitte. Fanfaren ertönten, und Falaroy trat neben die frisch gekrönte Königin.

»Lang lebe die neue Königin der Sonnenelfen, Königin Eyela«, rief er, und in seiner Stimme schwang der Stolz auf seine Herrscherin mit.

»Lang lebe die neue Königin der Sonnenelfen«, riefen alle im Thronsaal und brachen in begeisterten Jubel aus. Einen feierlichen Moment wie diesen hatte es in *bayala* wahrlich schon lange nicht mehr gegeben.

Auch Marween jubelte und klatschte wie verrückt. Ja, Marween. Irgendwie hatte sie es in all dem Trubel geschafft, samt Piuh und ihrem Stein mit einer der Abordnungen in den Thronsaal zu schlüpfen. Mit glänzenden Augen verfolgte sie die Zeremonie und war ganz aus dem Häuschen.

Nicht so Piuh. Die Krönung ließ ihn ziemlich kalt. Ungeduldig saß er auf dem Stein, von dem inzwischen die letzten Dreckreste abgefallen waren. Seine Aufmerksamkeit galt schon lange einem Tablett, auf dem die leckersten Früchte und Beeren darauf warteten, verspeist zu werden. Von ihm verspeist, soviel war klar ...

Marween verdrehte die Augen und schüttelte missbilligend den Kopf, als Piuh sich flugs eine Beere in den Mund stopfte. Er warf ihr einen schuldbewussten Blick zu, was ihn aber nicht davon abhielt, schnell noch eine ganze Ladung Beeren hinterherzuschieben.

Währenddessen hatte sich Eyela zum ersten Mal als Königin auf dem Blütenthron niedergelassen. Dieses Mal unterlief ihr kein Fehler. Ruhig und aufrecht saß sie da und strahlte königliche Würde aus.

Mit einer Handbewegung bat Falaroy um Ruhe. Augenblicklich kehrte im Saal Stille ein. Er wollte gerade etwas sagen, als laut und deutlich ein Rülpsen zu hören war. Alle drehten sich erschrocken um. Wer konnte gegenüber der neuen Königin nur so respektlos sein?

Es war kein anderer als Piuh. Völlig zerknirscht stand er auf Marweens Stein und wäre am liebsten im Boden versunken. Alle Augen waren auf ihn gerichtet, auch der strenge Blick von Marween. So viel Aufmerksamkeit hatte er nun wirklich nicht gewollt.

»Ähem«, räusperte sich Eyela. Von so einer Kleinigkeit ließ sich die neue Königin keine Sekunde aus der Fassung bringen. »Dieses Armband bekam ich einst von meinem Vater.« Sie zog ein schmales goldenes Armband hervor. »Es symbolisiert den Stamm der Sonnenelfen, und es gehört immer der nachfolgenden Prinzessin. Jetzt bin ich Königin, und meine Schwestern Surah und Sera werden das Sonnenzeichen tragen.«

Damit zerbrach sie das Armband in zwei Hälften und verbarg sie. Ein Raunen ging durch die Menge. Doch als Surah und Sera zu ihr traten und Eyela ihre Hände wieder öffnete, waren aus dem zerbrochenen Armband zwei ganze geworden. Entzücktes Gelächter und Klatschen drangen aus der Menge, als sie den beiden je ein Armband überreichte. Die magische Macht der Sonnenelfen schien doch noch nicht gänzlich gebrochen zu sein, auch wenn sie durch Ophiras Machenschaften immer mehr schwand.

Surah legte den Armreif an. Einen Moment lang musste sie an Nuray denken. Das einzige Andenken an sie war die gezackte Mondsichel um ihren Hals. Und mit Sera teilte sie sich jetzt den Sonnenreif von Soleyas.

»Und jetzt ...«, fuhr Eyela fort, als sie plötzlich unsanft unterbrochen wurde. Durch eins der oberen Fenster im Saal brach mit heiserem Krächzen ein Schwarm schwarzer Raben wie eine dunkle Wolke herein und flatterte unheilvoll über den Köpfen der versammelten Elfen auf Eyela zu. Erschrocken blickten alle nach oben. Falaroy war sofort bei seiner Königin, um sie zu schützen.

»Bleibt hinter mir, Eyela«, sagte er ruhig.

Im Saal dagegen brach helle Panik aus. Die wohlgeordneten Reihen der Elfen lösten sich auf, und jeder suchte sein Heil in der Flucht. Wie ein Gewittersturm wirbelten die Raben durch die Menge. Ihr Anführer war leicht auszumachen. Es war kein Geringerer als Munyn, getreues Auge und Ohr seiner Herrin Ophira, der Königin der Schattenelfen. Sie hatte ihn mit seiner Rabenschar geschickt, um die Krönung zu stören und die Elfen einzuschüchtern.

»Wir müssen verschwinden«, riefen alle wild durcheinander. »Versteckt euch, das ist Ophira.« Die Tabletts mit dem Festschmaus fielen und all die Leckereien landeten auf dem Boden. Elfen suchten Schutz hinter Blättern und unter Tischen und Stühlen. Entsetzen machte sich breit.

Surah beobachtete Munyn und seine Schar wütend. Sie hatte ihn sofort an der goldenen Maserung seines Schnabels erkannt, die in der Sonne glänzte. Sie wusste, dass er seine Opfer nicht so leicht aus den Krallen ließ. In ihrer Wut entstanden auf ihren Handflächen beinahe unbewusst kleine Wirbel. Erschrocken schloss sie die Hände. Sie wusste, was das bedeutete: Es war der Sturmzauber. Aber als sie das letzte Mal versuchte, ihn zu nutzen, hatte sie ihre beste Freundin Nuray verloren. Der Sturmzauber war böse, davon war sie überzeugt. Und insgeheim beunruhigte es sie sehr, dass sie fähig war, ihn auszulösen.

»Nie wieder«, murmelte sie für sich und ballte ihre Hände zu Fäusten, um ihn zu unterdrücken. Laut sagte sie zu Eyela und Sera: »Der Leitrabe ist Munyn, Ophiras Vogel. Was er sieht, kann auch sie sehen.«

Während die anderen Raben Chaos unter den Elfen verbreiteten, kreiste Munyn um die königliche Familie und beobachtete sie genau.

Im Schloss der Schattenelfen stand Ophira auf ihrem hohen Turm, umgeben von den Statuen der Drachen, und verzog den Mund zu einem schmalen, bösen Lächeln. Tatsächlich beobachtete sie durch Munyns Augen alles, was im Thronsaal der Sonnenelfen vor sich ging.

»Hat da jemand vergessen, die Königin der Schattenelfen zur Krönung einzuladen?«, fragte sie leise. »Gehöre ich etwa nicht zum Königshaus?« Sie schritt an die Brüstung ihres hohen Turms. Von dort konnte sie weit übers Land und den großen See blicken, an den alle Elfenreiche *bayala*s grenzten. »Warum fürchtet ihr mich?«, fuhr sie fort. »Alles, was ich will, ist meinen rechtmäßigen Platz einnehmen. Als Herrscherin über ganz *bayala*.« Sie breitete ihre Arme weit aus und schlug mit ihren dunklen Schwingen. In ihre Augen trat ein gefährlicher Glanz.

»Ja, sicher, Tante Ophira«, unterbrach sie eine Stimme. »Dreht sich nicht immer alles um dich?«

Ärgerlich wandte sich Ophira um. Nur eine konnte es wagen, in solch respektlosem Ton mit ihr zu sprechen. Auf den Stufen, die den Turm hinunterführten, saß Nuray, streng bewacht von Ophiras Leibgarde. Sie warf ihrer Tante einen gelangweilten Blick zu.

»Nein, meine Liebe«, erwiderte Ophira und unterdrückte ihren Ärger. Mit zwei Flügelschlägen war sie bei Nuray. »Eines Tages wird sich alles um dich drehen. Dank mir ...«

Nuray stöhnte. Es war immer die gleiche Leier. Macht und Größe, das war alles, was ihre Tante interessierte. Dabei wäre Nuray am liebsten einfach nur wieder bei Surah. Doch Ophira kümmerte das wenig. Nuray würde ihre Bedeutung schon noch erkennen und in ihre Rolle hineinwachsen, davon war sie überzeugt. Sie richtete sich kerzengerade auf.

»Munyn«, rief sie mit gebieterischer Stimme. »Das reicht vorerst.«

Im Thronsaal rannte immer noch alles in heller Panik durcheinander. Marween, die eigentlich ruhig geblieben war, stolperte über Piuh, der sich trotz des Durcheinanders auf eine Frucht stürzte, die ihm vor die Nase gefallen war. Dabei entglitt ihr der Stein und rollte unaufhaltsam durch den Saal, bis er gegen die dicke Ranke einer großen Blume prallte. Während die Raben auf ein lautes Krächzen Munyns hin den Thronsaal durch dasselbe Fenster verließen, durch das sie gekommen waren, beobachtete Marween erstaunt, wie sich in ihrem Stein ein langer, gezackter Riss bildete.

»Mein sprechender Stein«, rief sie entsetzt. Sollte sie der Königin etwa einen angeknacksten Stein überreichen? Allerdings sah er sowieso immer weniger wie ein gewöhnlicher Wald-und-Wiesen-Stein aus. Glatt und glänzend war er geworden, und seine ovale Form erinnerte mehr an ein Ei als an einen Stein.

Nachdem die Raben weg waren, kehrte im Thronsaal langsam wieder Ruhe ein. Die Elfen krochen aus ihren Verstecken und rappelten sich auf. Niemandem schien ernsthaft etwas zugestoßen zu sein, aber alle waren verwirrt und verängstigt. Wer hätte gedacht, dass Ophira die Frechheit besaß, diese wichtige Zeremonie zu stören.

»Bei meinem Eis«, stöhnte die Eiselfenkönigin empört, klopfte sich den Staub aus ihrem eleganten Anzug und fächelte sich mit ihrem Fächer Luft zu.

»Ich fürchte, das war nur der Anfang«, sagte Surah düster und blickte zu dem Fenster hoch, durch das die Raben verschwunden waren.

Eyela und Falaroy blickten sie besorgt an. Wenn jemand das einschätzen konnte, dann Surah. Sie kannte Ophira besser als irgendjemand sonst in *bayala*.

»Ich sehe nach, ob jemand verletzt wurde«, sagte Sera und machte sich mit ihrer Blütentasche auf den Weg.

Piuh hatte unterdessen schon wieder nur Essen im Sinn. Er jagte einer Frucht nach, die über den Boden kullerte. Gerade wollte er sie verschlingen, als er erstarrte. Vor ihm stand ein riesiger Wolf und betrachtete ihn freudig. Piuh schluckte. Au Backe. Erst die Raben und jetzt dieser riesige Wolf ...

Der Wolf öffnete sein riesiges Maul. Piuh wurde ganz anders. Hatte jetzt sein letztes Stündlein geschlagen? Doch dann schleckte der Wolf ihm zur Begrüßung begeistert über das ganze Gesicht. Piuh versuchte, ihn freundlich abzuwehren. Zumindest schien der Wolf ihn nicht verspeisen zu wollen. Im Gegenteil: Das war sicher der freundlichste Wolf, den man sich vorstellen konnte.

»Tut mir leid, ich bin zu spät«, ertönte eine Stimme vom Tor des Thronsaals. Herein trat ein Schattenelf und betrachtete verblüfft das Durcheinander.

»Da haben wir wohl eine ziemlich wilde Krönung verpasst, was, Lykos?«, sagte er.

»Jaro«, rief Surah überglücklich und stürzte auf ihn zu. Während die anderen Elfen erschrocken zurückwichen, fiel sie ihm überschwänglich um den Hals.

Tatsächlich: Es handelte sich um niemand anderen als Jaro und Lykos. Seit ihrer Flucht aus dem Schattenelfenschloss hatte Surah die beiden nicht mehr gesehen. Nun standen sie auf einmal vor ihr.

»Surah«, rief Jaro und erwiderte ihre Umarmung.

»Du bist gekommen.« Surah lachte fröhlich.

»Natürlich«, sagte Jaro und hielt sie etwas von sich, um sie besser betrachten zu können. »Das wollte ich für alle Elfen der Welt nicht verpassen.«

»Jaro?«, fragte Sera erstaunt und erhob sich. Sie hatte gerade eine Elfe verarztet, die sich beim Angriff der Raben eine Schramme geholt hatte. »Etwa *der* Jaro?«

Surah hatte ihr im Lauf der Jahre immer wieder von ihrer Flucht erzählt und natürlich von Nuray, Lykos und Jaro, ihren einzigen Freunden im Reich der Schattenelfen.

»Gibt es Neuigkeiten von Nuray?«, fragte Surah. Ihr Gesicht nahm einen besorgten Ausdruck an.

Auch Jaros Miene wurde ernst.

»Ich habe sie seit der Nacht deiner Befreiung nicht mehr gesehen. Ich bin nicht gerade willkommen im Schattenelfenschloss.« Er seufzte. »Oder in irgendeinem der anderen Elfenkönigreiche ...«

»Ähem«, räusperte sich Eyela. Auch sie hatte von ihrer Schwester natürlich schon allerhand über Jaro gehört.

Surah gab Jaro einen Knuff. Er lächelte und ging dann mit Lykos an seiner Seite durch die anderen Elfen langsam auf Eyela zu. Neugierig und etwas eingeschüchtert machten sie ihm Platz.

»Seht nur, seine Flügel«, flüsterten sie. »Ein Schattenelf ... Was will er nur hier?«

Direkt vor Eyela blieben Jaro und Lykos stehen. Jaro verneigte sich und beugte sein Knie vor Eyela, die ihm aufmunternd zulächelte.

»Die besten Wünsche zum Tag Eurer Krönung, Königin Eyela«, sagte Jaro feierlich. Neben ihm verneigte sich Lykos tief.

Eyela nickte gnädig.

»Elfen«, sagte sie dann laut an alle gewandt. »Das ist Jaro. Er hat Prinzessin Surah gerettet. Behandelt ihn wie einen Freund der Sonnenelfen und als Helden, der er ist.«

Ein erstauntes Raunen ging durch die Menge. Dieser Schattenelf sollte ein Held sein? Natürlich hatten alle von Surahs Rettung aus dem Schattenelfenschloss gehört. Aber dass sie Jaro und Lykos einmal leibhaftig begegnen würden, damit hatte keiner gerechnet. Und ausgerechnet an diesem Tag ...

Als sich alle beruhigt hatten, ging Sera hinüber zu Marween. Sie saß noch immer auf dem Fußboden und begutachtete ihren Stein, dessen Riss sich offensichtlich noch vergrößert hatte.

»Ist alles in Ordnung?«, fragte Sera fürsorglich.

»Nein«, erwiderte Marween ärgerlich. »Diese blöden Vögel haben meinen sprechenden Stein zerbrochen.«

Aus dem Stein drang ein leises Fauchen.

»Es ist alles okay«, flüsterte Marween. »Du bist doch stark. Du bist ein Stein.«

Als wolle er das Gegenteil beweisen, sprang in diesem Augenblick der Riss vollends auf, und ein Stück des Steins splitterte ab. Aus dem Loch, das sich gebildet hatte, ragte ein kleines Bein.

»Huch«, riefen Marween und Sera überrascht.

»Du bist ein Stein mit einem schuppigen Bein?« Marween rieb sich die Augen.

Sera schaltete schneller als sie. Eilig warf sie einen Blick über die Schulter, um sich zu vergewissern, dass niemand den Vorfall bemerkt hatte. Bevor jemand aufmerksam wurde, warf sie ein großes Blatt über den seltsamen Stein und das Bein, das daraus hervorragte. Man konnte ja nie wissen, ob sich nicht noch weitere Spione Ophiras im Thronsaal befanden.

»Kein Wort mehr«, sagte sie zu Marween. »Bleib hier und warte.«

Eilig flog sie zu Eyela.

»Wir müssen den Saal räumen«, flüsterte sie leise. »Sofort.«

Eyela blickte sie verwundert an. Wenn Sera in diesem Ton mit ihr sprach, musste etwas sehr Wichtiges vorgefallen sein.

Ein tollkühner Plan

Es dauerte nicht lange, und der Thronsaal war geräumt. Nur Eyela, Falaroy, Jaro, Sera, Surah und natürlich Marween waren zurückgeblieben. Die verdutzten Elfen konnten draußen in den Gassen vor dem Schloss nur rätseln, was geschehen war. Es musste etwas Bedeutsames sein, wenn Eyela die Krönungszeremonie so plötzlich beendete. Was auch immer es war, Lykos und Piuh ließen sich davon nicht aus der Ruhe bringen. Einträchtig saßen sie nebeneinander und schlabberten genussvoll Leckereien in sich hinein, die bei dem allgemeinen Durcheinander von den Tabletts geflogen waren. Kuack dagegen saß der Schrecken noch immer in den Federn. Er hatte sich hoch oben zwischen den Ranken und Blüten des Thronsaals versteckt und beobachtete von dort das Geschehen.

Marween hatte ihren Stein – besser gesagt, das Ei, das sie für einen Stein gehalten hatte – gemeinsam mit Sera in die Mitte des Thronsaals getragen. Die anderen staunten nicht schlecht, als Sera ihnen das schuppige Bein enthüllte, das sie unter dem Blatt vor neugierigen Blicken geschützt hatte.

Marween beugte sich darüber.

»Also, wenn du gewusst hast, dass du ein Drache bist, warum hast du es mir nicht gesagt?«, fragte sie das Bein vorwurfsvoll. »Ich wäre dann nicht wie ein Dummkopf herumgerannt und hätte von sprechenden Steinen geschwafelt.« Das Bein zappelte als Antwort.

Sera und Surah betrachteten Marween und schmunzelten.

»Sie versteht die Drachensprache«, sagte Sera leise.

Surah nickte beeindruckt.

»Vater hat oft von Elfen mit solch einer seltenen Begabung gesprochen.«

»Entschuldigt bitte, eure Hoheiten«, rief Marween plötzlich und hob den Kopf. »Nugur möchte aus seiner Schale heraus.«

Nugur? Das musste der Name des kleinen Drachen sein. Sie sahen sich an und wandten sich entsetzt zu Marween um.

»Nein«, schrien sie wie aus einem Mund.

Erschrocken wich Marween einen Schritt zurück. Was war denn jetzt los? Mit zwei Flügelschlägen war Surah bei ihr und nahm sie sanft bei den Schultern.

»Das Erste, was ein Drache sehen darf, sind seine Eltern«, erklärte sie Marween ernst. »Sonst kann seine Magie schwinden.«

Aus Nugurs Ei war ein leises Fauchen zu hören. Dann verschwand das Bein eilig wieder in der Schale. Er schien verstanden zu haben ... Seine Magie wollte er auf gar keinen Fall verlieren.

Die Gefahr schien vorerst gebannt. Alle grübelten nach, was jetzt wohl am besten zu tun war. Auch Eyela war sehr still geworden. Sie hatte sich auf ihrem Blütenthron niedergelassen und betrachtete Nugurs Ei nachdenklich.

»Worüber denkt Eyela nur nach?«, fragte Sera ihre Schwester leise.

»Psst«, machte Surah. »Warte nur ab.«

Auf einmal erhellte sich Eyelas Miene. Sie blickte die anderen an, erhob sich und breitete die Arme aus.

»Ein Drachenfest«, rief sie majestätisch. Es war ihre erste Amtshandlung als Königin und dann gleich so eine Ankündigung. Nach all den Jahren der Hoffnungslosigkeit klang das fast wie ein Märchen. Sollten neue Zeiten anbrechen? War *bayala* vielleicht doch noch zu retten?

Nugur fauchte leise und streckte sein Bein wieder aus dem Loch. Unbemerkt hüpfte er ziemlich waghalsig im Saal herum.

»Ja«, rief Surah begeistert. »Es ist genau die richtige Zeit.« Sie wandte sich um und flog zu ihrer Schwester hinüber. Dabei löste sich eine klitzekleine Feder aus ihren Flügeln. Niemand hatte es bemerkt. Niemand außer Marween. Und Marween war bekanntlich Surahs größter Fan. Eilig griff sie nach der kleinen Feder vor ihrer Nase und versteckte sie hinter ihrem Rücken.

»Ja«, rief sie leise und ballte die Faust.

»Für ein Drachenfest brauchen wir die Zustimmung aller Elfenkönige«, sagte Sera gerade. »Und sie sind alle hier.«

»Alle außer einer«, gab Surah zu bedenken. »Die Königin der Schattenelfen.« Sie ließ den Kopf hängen, als sie an Ophira dachte.

»Stimmt«, meinte Eyela traurig. »Ophira kommt sicher nicht.«

Doch Surah hatte eine Idee.

»Vielleicht brauchen wir Ophira gar nicht«, sagte sie. »Wir brauchen Nuray. Sie ist die Prinzessin und rechtmäßige Thronerbin.«

Sie überlegten hin und her und hatten Nugur und seine Eierschale komplett vergessen. Einfach nur in seinem Ei zu sitzen und auf seine Eltern zu warten, war aber offensichtlich nicht nach seinem Geschmack. Die Erwähnung eines Drachenfests hatte ihn ganz aus dem Häuschen gebracht. Er hüpfte hinter Marweens Rücken immer noch wie wild im Thronsaal herum.

Dann stolperte er eine Stufe hinunter und kullerte in seinem Ei durch den Saal. Alle fuhren erschrocken auf, als er in vollem Tempo gegen Piuh prallte, der sich zusammen mit Lykos immer noch um die Vernichtung der Leckereien kümmerte. Erschrocken schlug der Waschbär die Pfoten über dem Kopf zusammen, als Nugur ihn überrollte.

»Oh, Nugur«, rief Marween und flog wie der Blitz hinüber.

»Ist er in Ordnung, Marween?«, fragte Eyela besorgt. Sollte Nugur etwas zustoßen, wäre ihr schöner Plan ins Wasser gefallen, bevor sie überhaupt beginnen konnten, ihn in die Tat umzusetzen.

Marween beugte sich über das Ei und lauschte Nugurs leisem Fauchen.

»Nugur denkt, ein Drachenfest bedeutet ... gegrillter Drache«, verkündete sie dann lauthals.

Unwillkürlich mussten Surah und Sera kichern. Sie eilten zu Nugur und Marween hinüber.

»Nein, nein«, riefen sie und winkten ab.

»Bitte sag ihm, dass Drachen die Ehrengäste auf diesem Fest sind«, fuhr Surah fort.

»... und nicht der Hauptgang«, setzte Sera hinzu.

Eyela erhob sich.

»Das Drachenfest muss zur Mittagsstunde der Sonnwende auf dem Sonnwendfelsen stattfinden«, verkündete sie würdevoll.

»Habt Ihr einen Plan?«, fragte Falaroy.

»Jawohl«, sagte Eyela und lächelte. »Habe ich.«

Eyela ließ einen Tisch und eine große Karte bringen, die alle Königreiche *bayalas*, die Flüsse, Seen und Gebirge zeigte. Während die Karte ausgebreitet wurde, besprach sie sich mit Falaroy. Dann beugten alle ihre Köpfe darüber, und Eyela begann, ihren Plan zu erklären.

Marween war an komplizierten Erklärungen wenig interessiert. Sie saß mit Piuh, Lykos und dem Ei auf dem Boden und achtete darauf, dass Nugur nicht wieder Unfug anstellte.

»Das ist Soleyas«, sagte Eyela und zeigte auf das Reich der Sonnenelfen. »Sera, Surah und Jaro, ihr geht bis zu den Bero-Bergen. Dort gabelt sich der Weg.« Sie wies auf eine Kreuzung am Ufer des großen

Sees in der Mitte *bayalas*, an den alle Elfenreiche angrenzten.

»Einer der Wege führt zum Schloss der Schattenelfen, der andere zum Drachengipfel«, fuhr Falaroy fort.

»Hm«, machte Jaro nachdenklich. »Ich lasse Lykos nur ungern allein zurück. Aber wir könnten innerhalb eines Tages dorthin fliegen.«

»Auf keinen Fall fliegen«, unterbrach ihn Falaroy ernst. »Ihr wärt eine leichte Zielscheibe für Ophiras Sturmzauber.«

»Surah und Jaro gehen zum Schattenelfenschloss und holen Nuray«, fuhr Eyela fort. »Sera bringt währenddessen Nugur zusammen mit Marween zum Drachengipfel.«

Marween traute ihren Ohren nicht. Als sie ihren Namen hörte, flatterte sie mit Piuh im Arm aufgeregt zu den anderen hinüber.

»Wartet mal«, rief sie. »Ihr wollt, dass ich mitkomme? Wirklich?« Vor lauter Begeisterung drückte sie Piuh so fest an sich, dass er kaum noch Luft bekam. Verzweifelt strampelte er mit allen vieren und versuchte, sich aus ihrer Umarmung zu befreien.

Surah schmunzelte.

»Kennst du noch eine andere Elfe, die mit Drachen sprechen kann?«, fragte sie schlicht.

Marween stieß einen entzückten Freudenschrei aus. Es ging um die Rettung *bayalas,* und sie sollte wirklich dabei sein? An der Seite von Jaro, Sera und vor allem Surah? Das klang nach dem Abenteuer ihres Lebens!

»Ihr vier bereitet euch auf die Reise vor«, sagte Eyela. Sie warf Falaroy einen Blick zu. »Ich spreche mit den Stammesführern und versuche, sie zu überzeugen, sich uns anzuschließen. Dann kommen wir nach und treffen euch auf dem Sonnwendfels, um das Drachenfest zu feiern.« Sie blickte die anderen an: »Was sagt ihr?«

Einen Moment lang herrschte Schweigen im Thronsaal. Dann hakte sich Surah bei Sera und Marween unter.

»Ich sage, wir haben vier Tage Zeit bis zur Sonnenwende«, rief sie entschlossen.

»Und wir sollten gestern anfangen«, ergänzte Sera und lachte unternehmungslustig.

Eyela lächelte zufrieden. Sie hatte nichts anderes von ihren Schwestern erwartet.

Damit war die Versammlung beendet, und alle eilten zur Tür. Es gab viel zu tun, und die Zeit war knapp. Eyela nahm Nugurs Ei und drückte es Marween in die Hände.

»Wenn ihr unterwegs seid«, sagte sie, »müsst ihr Nugur unbedingt vor den Blicken Ophiras und ihrer Raben schützen. Sie wird alles tun, um ihn in ihre Hände zu bekommen.« Sie blickte Marween ernst an. »Ein Drache und seine Magie würden sie nur noch mächtiger machen.«

Marween hatte ihr aufmerksam zugehört. Jetzt nickte sie eifrig und versprach, Nugur um jeden Preis zu beschützen.

Wenige Stunden später war alles für die Abreise bereit. Sie hatten sich den Weg noch einmal gut eingeprägt, Reiseproviant und Decken organisiert und auch ein Transportmittel ... Marween betrachtete es misstrauisch. Nugurs Ei hielt sie fest an sich gedrückt. Vor ihr standen drei wunderschöne Pferde mit kunstvoll geflochtenen Mähnen, die sie aus großen, sanften Augen anblickten. Marween schluckte. Noch nie in ihrem Leben war sie den großen Tieren so nahe gekommen. Dann sollte sie auch noch auf ihnen reiten? Das war ihr gar nicht geheuer.

»O-oh«, stotterte sie und machte ein paar Schritte rückwärts. »I-ich denke, ich gehe lieber zu Fuß. Okay?« Sie warf Piuh einen Blick zu. Ihm schien es nicht viel anders zu gehen. Ängstlich versuchte er, sich hinter Marweens Bein zu verstecken.

»Hab keine Angst«, sagte Surah und streichelte einem der Pferde sanft über die Nüstern. »Sie sind groß ... Aber sie würden dir nie etwas tun.«

Hmmm ... Marween schien nicht ganz überzeugt. Sie musterte die Pferde misstrauisch.

»Leg deine Hand aufs Herz und verbeuge dich, wenn du dich ihnen näherst«, fuhr Surah fort. »Wir bitten sie um Hilfe. Wir befehlen ihnen nie etwas.«

Marween seufzte. Ihr würde nichts anderes übrig bleiben, als sich mit diesen großen Wesen anzufreunden, wenn sie bei diesem Abenteuer dabei sein wollte. Vorsichtig legte sie Nugurs Ei zu Boden und machte einige kleine Schritte auf das Pferd zu, das ihr am nächsten stand. Es war ein großes graues mit dunklen Nüstern. Es stand ganz ruhig da und blickte sie nur an.

»H-hallo«, sagte Marween vorsichtig und legte ihre Hand aufs Herz. »D-darf ich ...?« Sie verbeugte sich.

Unter den besorgten Blicken Piuhs, der Zuflucht hinter Nugurs Ei gesucht hatte, beugte das Pferd ebenfalls den Kopf. Dann wieherte es laut. Das war ganz offensichtlich ein Zeichen der Zustimmung. Marween atmete erleichtert auf.

»Uff. Danke. Du bist wirklich nett.«

Sera und Surah kicherten.

Marween nahm Nugurs Ei und versuchte, mit ihm auf den Rücken des Pferds zu fliegen. Aber das war gar nicht so leicht. Nugur war ziemlich schwer und der Rücken des Pferdes ganz schön hoch.

»Bei meinen Flügeln«, stöhnte Marween und mühte sich an der Seite des Pferds ab, bis es ihr mit einem sanften Nasenstüber auf seinen Rücken half.

»Danke«, rief Marween. Da wagte auch Piuh das Risiko. Mit einem beherzten Satz sprang er aufs Pferd und klammerte sich am Ei fest.

Eyela und Falaroy hatten die ganze Szene beobachtet.

»Wenn das Schicksal es will, treffen wir uns in vier Tagen auf dem Sonnwendfels«, sagte Eyela feierlich.

Surah und Sera schwangen sich ebenfalls auf ihre Pferde. Jaro stieg auf Lykos Rücken. Der Wolf war so groß, dass er ihn mühelos tragen konnte.

»Wir werden dort sein«, rief Surah zuversichtlich. »Mit Nuray ...«

»Hüahhh ...«, rief sie.

»Hüahhh ...«, riefen auch Sera und Jaro. Munter trabten sie los. Nur Marweens Pferd machte keine Anstalten, sich in Bewegung zu setzen.

»Hm«, machte Marween unsicher. Irgendetwas musste sie wohl unternehmen, damit es loslief. »Hü-ah, nehme ich an?«

Das ließ sich das Pferd nicht zweimal sagen. Wie der Wind galoppierte es los.

»Aaahhh«, rief Marween überrascht und klammerte sich gerade noch an seiner Mähne fest.

Dann raste sie mitsamt Nugurs Ei und Piuh auf ihrem Pferd an den anderen vorbei.

»Wenn wir reiten wie Marween«, rief Surah den anderen zu, »sollten wir das Schattenelfenschloss in ungefähr einer Stunde erreichen.«

Alle lachten aus vollem Hals und galoppierten hinter Marween her.

Aufbruch ins Ungewisse

Der Thronsaal lag still und verlassen da, als Eyela zurückkehrte. Mit ihrem Entschluss, das Drachenfest zu veranstalten, hatte sie eine riesige Verantwortung auf sich geladen, obwohl sie erst ein paar Stunden Königin war.

Sie hatte kaum Zeit, sich darüber lange den Kopf zu zerbrechen. Schließlich gab es noch viel zu tun. Sie musste mit den Anführern aller anderen Elfenstämme sprechen und sie unbedingt von der Teilnahme am Drachenfest überzeugen. Ohne sie würde *bayala* nie wieder zu früherer Größe und Einigkeit zurückkehren, zu den friedlichen und glücklichen Zeiten, in denen Drachen und Elfen gemeinsam auf das Land achtgegeben hatten.

Eyela nahm vorsichtig auf ihrem Blütenthron Platz und wartete auf Falaroy und Feya, die sie ausgesandt hatte, um den ersten Stammesführer zu rufen. Schon nach wenigen Minuten schwang die große Flügeltür des Thronsaals auf.

»Eure Majestät, die Königin der Eiselfen«, kündigte Feya mit feierlicher Stimme an. Einen Augenblick später stolzierte die Eiselfenkönigin mit einem Hüftschwung herein, mit dem sie bei jeder Modenschau eine gute Figur gemacht hätte.

Überrascht setzte Eyela sich in ihrem Thron auf. Beinahe wäre sie wie heute Morgen vor der Krönung wieder hinuntergerutscht, doch sie fing sich im letzten Moment und blickte der Königin der Eiselfen freundlich entgegen.

Eyela wusste, dass die Gespräche mit den Elfenführern nicht einfach werden würden. Alle hatten sich schon fast mit Ophiras Macht abgefunden, und der Zusammenhalt zwischen den Elfen war in den letzten Jahren geschrumpft. Tatsächlich hatten sie sich beim letzten Drachenfest gesehen, das nun schon viele Jahre zurücklag. Eyela selbst war damals noch ein Kind gewesen. Dazu kam, dass die Könige und Königinnen Eigenarten hatten, auf die sie eingehen musste.

Die Königin der Eiselfen saß schon lange auf ihrem Thron im Eiselfenschloss. Selbstbewusst hatte sie sich vor Eyela in Pose geworfen und schwang ihren farbenfrohen Fächer. Sie war, vorsichtig ausgedrückt, etwas eitel, und wenn sie einmal ins Reden kam, gab es oft kein Halten mehr. Aber wehe, man hielt ihr das vor. Dann konnte sie ganz schnell beleidigt sein. Für die Krönung hatte sie sich aber wirklich schick herausgeputzt mit ihrer eisgrauen, hochgesteckten Frisur.

»Ach«, stöhnte sie und fächelte sich mit schnellen Bewegungen Luft zu. »Hier ist es heißer als in der Küche meiner Mutter. Ich werde nie verstehen, wie ihr das aushalten könnt.« Sie richtete sich kerzengerade auf und stemmte eine Hand in die Hüfte.

»Hm«, machte Eyela etwas ratlos. »Ja?«

Was sollte sie dazu schon sagen? Sie war schließlich die Königin der Sonnenelfen. Kein Wunder also, dass sie die Sonne und die Wärme liebte.

Die Eiselfenkönigin lächelte und fächelte sich wieder Luft zu. »Tja, das war wirklich eine nette kleine Krönung, Schwester. Aber jetzt muss ich zurück in mein kuscheliges, schön gekühltes Schloss, gebaut aus feinstem ewigem Eis.« Sie fuchtelte vage mit der Hand in der Luft herum.

Das war das Stichwort, auf das Eyela gewartet hatte. Bevor die Eiselfenkönigin den Thronsaal mit einem kecken Hüftschwung wieder verlassen konnte, erhob sie sich eilig.

»Ich habe gehört, dein ewiges Eis schmilzt schneller als deine

Magie«, sagte sie ruhig und gelassen. »Schwester ...?«

Die Eiselfenkönigin erstarrte. Falaroy und Feya, die bis dahin dem Geplapper der Eiselfenkönigin neben dem Thron mit nur mühsam unterdrückter Langeweile zugehört hatten, blickten sich an.

»Was?« Ärgerlich fuhr die Königin der Eiselfen herum und fixierte Eyela mit kühlem Blick. »Wer hat dir das erzählt? War es der Waldelfenkönig?« Aufgeregt flatterte sie mit ihren zarten, wie Eiskristalle glitzernden Flügeln zu Eyela hinüber.

Eyela bekam einen Schreck, hatte sich aber gleich wieder im Griff. War sie zu weit gegangen? Nein, es war notwendig, Klartext zu reden. Sonst könnte sie ihren schönen Plan gleich vergessen.

Auch die Eiselfenkönigin war nicht gerade zimperlich.

»So schnell, wie seine Bäume sterben, hat der Waldelfenkönig bald keinen Wald mehr, dessen König er sein kann«, fuhr sie bissig fort. »Der alte Holzkopf ...«

Sie wedelte aufgeregt mit ihrem Fächer. Doch so schnell sie ärgerlich geworden war, so schnell beruhigte sie sich auch wieder. Verstohlen blickte sie sich um und vergewisserte sich, dass keine ungebetenen Zuhörer anwesend waren.

»Also gut«, sagte sie dann. »Ich lege meine Karten auf den Tisch. Wir haben tatsächlich ein ... kleines ... Problem ...... mit ... unserem ... Eis.« Sie lächelte entschuldigend und versuchte, sich zu rechtfertigen: »Kein Grund zur Sorge ... Da bin ich sicher. Nur ein kleiner Mangel an, hm, Magie ...«

Eyela schmunzelte und setzte sich wieder. Als ob das ein großes Geheimnis wäre ... Schließlich ging es ja nicht nur den Eiselfen so. Alle litten unter dem großen Welken, das im Reich der Eiselfen vielleicht das ›große Schmelzen‹ heißen mochte, aber auf die gleiche Ursache zurückzuführen war: auf Ophiras unseliges Treiben.

Nachdem Eyela die Eiselfenkönigin zu diesem Geständnis bewegt hatte, sah sie keinen Grund mehr, mit ihren großen Plänen hinter dem Berg zu halten.

»Was wäre, wenn ich dir sagen würde, dass wir ein Drachenfest veranstalten«, sagte sie und strahlte die Eiselfenkönigin an. Falaroy und Feya, die ihre Unterhaltung aufmerksam verfolgten, konnten nicht anders, als Eyela in diesem Moment zu bewundern. Sie war gerade erst zur neuen Königin gekrönt worden, aber ihre Haltung und ihr edles Vorhaben zur Rettung *bayalas* zeigten schon jetzt, dass sie eine würdige Nachfolgerin ihres Vaters war.

Die Eiselfenkönigin fiel aus allen Wolken.

»Ein was ...?«, rief sie und starrte Eyela fassungslos an. Da fiel ihr doch glatt der Fächer aus der Hand. »Bei meinem Eis«, fuhr sie fort, nachdem sie den ersten Schreck überwunden hatte. »Ich kann mich an das letzte Drachenfest nicht mal mehr erinnern ...« Sie fasste sich theatralisch an die Stirn. Nach einem kurzen Moment des Nachdenkens fiel ihr auf, dass dieses Geständnis möglicherweise zu viel über ihr Alter verriet. »Oh, das war gelogen«, sagte sie mit einem Seitenblick auf Falaroy, der kerzengerade und ohne eine Miene zu verziehen neben Feya stand. »Natürlich kann ich mich erinnern. Ich sah fabelhaft aus.« Vor lauter Begeisterung machte sie eine kleine Drehung. Ihre Kleidung und ihre zierlichen Bewegungen ließen an Eleganz nichts zu wünschen übrig.

Plötzlich stutzte die Eiselfenkönigin, als sei ihr gerade etwas wahnsinnig Wichtiges eingefallen.

»Aber Eyela, Schätzchen ...« Sie blickte die frischgebackene Königin mit großen Augen an. »Weißt du überhaupt, wie man so eine wichtige Party veranstaltet?«

Eyela überlegte. Mit dieser Frage hatte sie nicht gerechnet. Nur einen Moment lang ließ sie die Flügel hängen. Mithilfe von Falaroy und Feya, davon war sie überzeugt, würde sie es hinbekommen. In erster Linie ging es ja darum, Drachen und Elfen wieder zu vereinen, *bayala*s Magie für alle wieder aufleben zu lassen und Ophiras Macht zu brechen. Wenn da nicht jedes Detail stimmte, würde sie das gern in Kauf nehmen … Eyela lächelte und nickte der Eiselfenkönigin herzlich zu.

Während Eyela ihre ersten Schritte auf dem diplomatischen Parkett machte und versuchte, die anderen Elfenführer von der Wichtigkeit eines Drachenfests zu überzeugen, zogen Surah, Sera, Jaro und Marween frohen Mutes durch die blühende Landschaft von Soleyas. Hoch über ihnen flatterte Kuack durch die Lüfte. Marween lächelte selig. Natürlich wusste sie, dass sie eine äußerst gefährliche Reise vor sich hatten. Mit Ophira war nicht zu spaßen, das war klar. Aber andererseits waren gefährliche Abenteuer genau ihr Ding. Bis vor Kurzem hätte sie sich nie auch nur träumen lassen, mit Jaro, Sera und vor allem Surah auszuziehen, um *bayala* zu retten. Sie war einfach glücklich und schmiegte sich an Nugurs Ei, während sie mit den anderen den Weg entlangritt.

Auch die anderen waren gut gelaunt. Eyela und Nugurs Ei hatten sie alle aus der tiefen Hoffnungslosigkeit der letzten Jahre gerissen. Fröhlich stimmte Jaro ein Lied an:

»Pack deinen Mut, dein Herz und dein Lächeln ein,
Wir reiten in den Tag hinein,
Spring nur auf, und wir starten,
die Abenteuer warten,
Komm, trau dich und tauch mit mir ein.

Und was das Schicksal auch bringt,
von Gefahren umringt,
zusammen sind wir uns sicher,
dass alles gelingt.

Wir ziehen los, vertraut uns,
Wir lassen euch nicht im Stich
Und scheint heut auch alles grau,
traurig, trist, kalt und rau ...

Gemeinsam können wir es ändern,
wir wissen es genau,
ja, wir wissen es ganz genau.«

Sera warf Surah einen Blick zu und lächelte zuversichtlich. Jaro drückte ziemlich genau aus, was auch sie fühlte. Gemeinsam konnten sie alles schaffen. Frohen Mutes zogen sie weiter in Richtung des großen Sees zur Weggabelung, von der Eyela gesprochen hatte.

Doch der Weg war weit und die Straße lang und staubig. Die Sonne brannte den ganzen Tag vom Himmel, und als sie durch einen Wald ritten und es schließlich dämmerte, waren alle erschöpft. Sera konnte kaum mehr die Augen offen halten. Surah gab ihr einen kleinen Schubs, um sie wach zu halten.

Auch Marween war müde. Sie war hinter die anderen zurückgefallen und schlief schon lange, den Kopf auf Nugurs Ei gebettet. Selbst ihr Pferd schlief fast im Gehen ein. Dann gab es sich einen Ruck, nahm Tempo auf und beeilte sich, die anderen einzuholen.

Bald darauf brach die Dämmerung an, und sie machten Rast. Jaro kannte sich im Wald gut aus und hatte einen wunderschönen Platz an einem kleinen Fluss gefunden. Dort schlugen sie unter einem der hohen Bäume ihr Nachtlager auf. Während die anderen die Pferde versorgten, trug Marween Nugur hinunter zum Fluss. Das stellte sich als gar nicht so leicht heraus. Es kam ihr fast vor, als würde das Ei mit Nugur darin stündlich schwerer.

»Uff«, stöhnte sie. »Nur noch einen Moment, Nugur.« Sie stellte das Ei am Flussufer ab und betrachtete es. »Piuh fängt dir dein Abendessen. Allerdings weiß ich nicht genau, wie du es essen willst.«

Piuh war gleich nach ihrer Ankunft hinunter zum Fluss gegangen. Dort hatte er sich auf einem Stein im Wasser postiert und versuchte, Fische zu fangen. Für einen Waschbären stellte er sich ziemlich ungeschickt an. Außerdem war er etwas wasserscheu.

Vielleicht, dachte Marween, liegt das daran, dass er schon immer bei mir gelebt und sich selten von etwas anderem als Beeren und Früchten ernährt hat.

Jedenfalls hätte Piuh beinahe das Gleichgewicht verloren, als er mit der Pfote nach einem Fisch angelte. Krampfhaft klammerte er sich an seinem Felsen fest.

Was das Abendessen anging, sah Marween schwarz. Doch wie der Zufall es wollte, hing Piuhs Schwanz etwas ins Wasser. Unbemerkt von allen erspähte ein neugieriger Fisch das seltsame Ding. So etwas hatte er bis jetzt offensichtlich noch nie gesehen. Er zögerte nicht lange und schlug herzhaft seine spitzen Zähne hinein.

Piuh schrie entsetzt auf und machte vor Schreck einen Riesensatz ans Ufer. Als er sich umdrehte und seinen Schwanz untersuchte, konnte er sein Glück kaum fassen. Was war er doch für ein begnadeter Angler ... Piuh dachte keinen Moment daran, seine Beute mit irgendjemandem zu teilen. Schließlich hatten sie einen weiten Weg vor sich, und man wusste ja nie, wann es das nächste Mal etwas zu essen gab ...

Doch er hatte die Rechnung ohne Kuack gemacht: Als er gerade zubeißen wollte, startete der Papagei einen Flugangriff und schnappte ihm den Fisch weg. Auch er hatte schließlich Hunger. Piuh blickte ihm ärgerlich hinterher. Seine Beute schien für immer verloren. Doch auch Kuack hatte sich verrechnet. Auf dem Weg zum nächsten Baum flog er über Nugurs Ei. Nugur streckte genau im richtigen Moment sein kleines Maul durch die Öffnung im Ei und blies einen gezielten Feuerstoß heraus, der den Fisch erwischte, den Papagei jedoch verschonte. Vor Schreck ließ Kuack den Fisch fallen, direkt in Nugurs Maul. Mit einem Haps verschluckte ihn der kleine Drache und spuckte einen Moment später die Gräten aus.

Marween hatte die ganze Szene beobachtet. Jetzt lachte sie fröhlich. Eins war klar: Nugur wusste sich zu helfen.

»Ich glaube, er mag seinen Fisch gegrillt«, sagte sie zu Lykos, der sich zu ihr gesellt hatte.

»Phh«, machte Piuh beleidigt und zog ab. Das wäre doch gelacht, wenn er mit seinem Schwanz als Angel nicht noch einmal einen Fisch aus dem Wasser ziehen könnte. Tatsächlich: Innerhalb kürzester Zeit hatte er mehr Fische gefangen, als sie alle zusammen verspeisen konnten.

Ophira schöpft Verdacht

Mit zweifelndem Blick betrachtete Eyela eine mit Wasser gefüllte Muschelschale, die Falaroy ihr in die Hände gedrückt hatte.

»Das ist die traditionelle Begrüßung«, erklärte er eindringlich. »Ansonsten wird er weder sprechen noch zuhören.«

Eyela seufzte. Vor ihr stand in stolzer Haltung der König der Regenbogenelfen und musterte sie aufmerksam. Er trug sein offizielles Festgewand. Seine langen Haare mit den Regenbogensträhnen waren zu zwei dicken Zöpfen geflochten. Etwas ungeduldig schlug er ein-zweimal mit seinen schillernden Flügeln. In Händen hielt er ebenso wie Eyela eine mit Wasser gefüllte Muschelschale.

Eyela erhob sich und näherte sich dem Regenbogenelfenkönig zögernd. An die Gebräuche der verschiedenen Elfenstämme musste sie sich wahrlich erst gewöhnen. Wieder warf sie einen zweifelnden Blick auf die Muschelschale. Sollte sie wirklich? Irgendwie kam es ihr ungehörig vor ... Aber Falaroy war ihrem Vater und auch ihr immer ein treuer, ergebener Ratgeber gewesen. Er wusste sicher, was zu tun war ... Eyela zuckte mit den Schultern und blickte den König der Regenbogenelfen freundlich an.

»Seid begossen, König der Regenbogenelfen«, rief sie dann laut und schüttete ihm den gesamten Inhalt ihrer Schale mit Schwung ins Gesicht.

Der König der Regenbogenelfen sah wirklich aus wie ein begossener Pudel. Er war klatschnass, und das Wasser tropfte aus Zöpfen, Bart und Gesicht auf sein schönes Gewand. Er blickte Eyela mit versteinerter Miene an.

»Autsch«, flüsterte Falaroy und schloss entsetzt die Augen. Feya neben ihm erstarrte. Gespannt beobachteten die beiden den König.

Der trat langsam näher an Eyela heran, nahm die Schale in die eine Hand und tauchte die andere ins Wasser. Eyela zuckte in Erwartung derselben Dusche, die sie dem König verabreicht hatte, etwas zurück und schloss ergeben die Augen. Doch dann fühlte sie zu ihrer Überraschung nur ein paar klitzekleine Tropfen, die der König der Regenbogenelfen vorsichtig auf sie spritzte.

»Seid begossen, Königin der Sonnenelfen«, sagte er feierlich.

Eyela wurde rot. Hoppla. Da hatte sie sich wohl ihren ersten diplomatischen Fehler geleistet. Es wäre ganz offensichtlich nicht nötig gewesen, den König zur Begrüßung komplett mit Wasser zu überschütten. Aber er schien es ihr nicht weiter übel zu nehmen. Falaroy atmete auf. Es konnte ja nicht alles von Anfang an reibungslos laufen ...

»Nun, da wir ... einander begossen haben«, sagte Eyela feierlich und nahm wieder auf ihrem Blütenthron Platz, »könnten wir vielleicht über eine Angelegenheit von großer Bedeutung für *bayala* sprechen.«

Der König trat ein paar Schritte zurück und schüttelte sich, sodass das Wasser nach allen Seiten spritzte. Falaroy und Feya gingen in Deckung.

»Geht es um das Drachenfest?«, fragte der König der Regenbogenelfen hoheitsvoll. »Falls dem so ist, kann ich versichern: Die Regenbogenelfen sind dabei.«

Überrascht blickten ihn Eyela, Falaroy und Feya an.

»Oh«, sagte Eyela. »Woher wisst Ihr davon?«

Der König der Regenbogenelfen winkte ab.

»Ach, die Königin der Eiselfen hat es mir erzählt.« Plötzlich ließ er den Kopf, die Flügel und die Schultern hängen. »Du meine Güte. Es ist ja so lange her seit dem letzten echten Drachenfest.« Er richtete sich wieder auf und deutete ein paar kleine Tanzschritte an. »Kuchen, Getränke, Tanz, Preise … all diese wundervollen Dinge.«

Er fixierte Eyela, als käme ihm ein ganz besonderer Gedanke. Eyela blickte ihn ihrerseits erwartungsvoll an. Was würde wohl folgen?

Der König vollführte plötzlich eine dramatische Geste mit den Händen.

»Vielleicht sollten wir allen ein paar wunderschöne Strähnchen färben«, schlug er begeistert vor. »Würdet Ihr nicht bezaubernd aussehen mit Regenbogenfarben in den Haaren?«

Eyela war sprachlos. So etwas hatte ihr noch niemand vorgeschlagen. Ob das königliche Protokoll der Sonnenelfen das zuließ? Feya half ihr aus der Patsche.

»Ihr könnt das Haar der Königin nicht bemalen«, sagte sie schlicht.

»Warum nicht?«, fragte der Regenbogenelfenkönig nach.

»Also, ähm«, machte Eyela. »Es ist … gegen … die Regeln.«

Das war kein besonders starkes Argument, das war ihr klar. Der König blickte sie enttäuscht an.

»Regeln?«, rief er dann wegwerfend. »Pah.« Er machte aus dem Stand kehrt und marschierte etwas beleidigt davon.

»Tschüssi«, rief er noch und winkte einen kleinen Abschiedsgruß, als er zur Tür hinausging.

Eyela atmete auf.

»Na, das ist doch ganz gut gelaufen«, sagte sie und stieß ein kleines Lachen aus. Etwas eigenwillig waren sie ja, die Könige und Königinnen der Elfenstämme. Aber sie hatten durchaus auch etwas Liebenswertes. Die Hauptsache war, dass sie ihre Teilnahme am Fest zusicherten.

»Jetzt bringt mir den König der Waldelfen«, rief sie Falaroy und Feya zuversichtlich zu.

Längst war die Nacht über *bayala* herabgesunken. Draußen im Wald hatten Surah, Sera, Jaro und Marween fast alles für ihr Nachtlager vorbereitet. Jaro sammelte Holz für ein Lagerfeuer, während Sera und Surah noch einmal nach den Pferden sahen. Alles schien still und friedlich zu sein. Keiner ahnte, dass sie seit geraumer Zeit von weit oben aus der Krone eines hohen Baums genau beobachtet wurden. Dort hatte sich Munyn, Ophiras Rabe, zwischen den Blättern versteckt. Was er sah, das konnte auch Ophira sehen.

Sie hatte schon befürchtet, dass sich mit der Krönung Eyelas im Reich der Sonnenelfen etwas ändern würde. Durch den Aufbruch von Surah und ihren Freunden aus Soleyas fühlte sie sich bestätigt und ließ sie rund um die Uhr überwachen.

»So, so. Sie schlagen ihr Lager auf, wie?«, sagte sie leise und blickte vom hohen Turm des Schattenelfenschlosses grimmig übers Land. Der Mond spiegelte sich bleich in ihren Augen. »Was haben sie wohl wirklich vor?«

»Ähm … Vielleicht treffen sie sich einfach mit Freunden, Tante Ophira?«, meinte Nuray spöttisch. »Andere Elfen machen so was, weißt du.« Sie stand nicht weit von ihrer Tante entfernt an eine der Drachenskulpturen gelehnt. Ophiras Wachen ließen sie nicht aus den Augen.

»Ganz sicher«, erwiderte Ophira kühl. Mit ein paar Flügelschlägen war sie bei Nuray. »Die beiden Prinzessinnen der Sonnenelfen veranstalten ein Picknick mit Jaro, meinem größten Feind. Was soll das anderes sein als eine harmlose Party?« Ihr kam ein Gedanke. Sie zog eine Augenbraue hoch und schmunzelte. »Warum wirbeln wir die Versammlung nicht ein wenig durcheinander und sehen, was dabei herauskommt?«

Nuray starrte sie erschrocken an. Was hatte ihre Tante vor?

Ophira, die Königin der Schattenelfen, bricht den uralten Pakt der Elfen mit den Drachen, um über ganz *bayala* zu herrschen.

Ophira stiehlt die magischen Dracheneier und entführt Prinzessin Surah von den Sonnenelfen. Erst nach vielen Jahren kann Surah mithilfe von Nuray, der Nichte von Ophira, fliehen.

Auf der Suche nach der Feuerrose für ihre Schwester Sera trifft Surah auf den Drachen Antylar. Dabei hatten alle in *bayala* gedacht, die Drachen wären für immer verschwunden.

Marween und Piuh sind unterwegs zur Krönung Eyelas, der neuen Königin der Sonnenelfen. Die beiden haben ein seltsames Geschenk dabei: Einen sprechenden Stein ...

Marweens Stein entpuppt sich als Drachenei. Königin Eyela fasst einen tollkühnen Plan. Sie will das Drachenfest feiern und den Pakt zwischen Elfen und Drachen erneuern.

Surah, Sera und Marween sind begeistert von Eyelas Plan. Sie wollen helfen, Nuray aus den Klauen Ophiras zu befreien und das Ei zu den Drachen zu bringen.

Der Schattenelf Jaro hat Surah bei ihrer Flucht vor Ophira geholfen. Auch jetzt ist er auf ihrer Seite. Er wünscht sich unbedingt wieder Einigkeit unter den Elfenstämmen.

Zusammen mit Sera, Marween und Jaro bricht Surah auf. Doch schon bald muss sie sich mit dem Sturmzauber gegen Ophiras Angriffe wehren.

Eyela versucht, die Anführer der anderen Elfenstämme von ihrem Plan zu überzeugen. Die Königin der Eiselfen ist begeistert und freut sich schon auf das Drachenfest.

Auf der Suche nach Surah entdecken Jaro, Sera, Marween und das Drachenbaby Nugur eine geheimnisvolle, magische Höhle …

Dort lebt Bilara, die große Magierin Bayalas.
Nach Ophiras Diebstahl der Dracheneier ist sie verschwunden.

Dank Bilaras Weisheit und Hilfe gelingt es Surah,
den lange verhassten Sturmzauber endlich zu beherrschen.

Tollpatschig stolpert Nugur von einem Missgeschick ins nächste.
Das erste, was er sehen darf, sind seine Dracheneltern.
Doch seine Eierschale bedeckt gerade noch die Augen.

Surah und ihre Freunde setzen ihre Reise mit Bilaras Boot fort.
Doch Ophira schickt einen gewaltigen Sturmzauber, um sie aufzuhalten.

Eyela und ihre Gefolgschaft werden auf ihrem Weg zum Sonnwendfels vom Nebel überrascht. Eyela ist sich sicher: Auch hier hat Ophira ihre Finger im Spiel

Bilaras Boot ist gekentert. Surah und ihre Freunde stranden in einer Bucht des Schattenelfenreichs.

Die Freunde beschließen, sich zu trennen,
um ihr Ziel doch noch zu erreichen.

Während sich Surah mit Sera, Jaro, Kuack und Lykos zur Rettung Nurays aufmachen, fliegt Marween mit Piuh und Nugur zum Drachengipfel.

Marween hat sich die Suche nach Nugurs Eltern Antylar
und Faraun etwas einfacher vorgestellt. Die drei werden
am Drachengipfel von einem Schneesturm überrascht.

Allen Umständen zum Trotz erreicht Marween den Drachengipfel.
Faraun und Antylar staunen nicht schlecht, als sie Nugur gegenüberstehen.
Ihrem Sohn ...

Surah und ihre Freunde haben währenddessen das Schloss der Schattenelfenkönigin erreicht. Dort wartet Ophira schon auf sie …

Jaro und Lykos kämpfen auf dem Turm des Schattenelfenschlosses gegen Ophiras Wachen.

Surah kämpft mit aller Macht. Ihr Sturmzauber ist stark,
doch gegen die Kräfte Ophiras hat sie keine Chance.

Gemeinsam sind sie stärker: Nuray und Sera geben Surah Kraft,
um den letzten Kampf gegen Ophira doch noch zu bestehen.

Ophira ist mächtig, doch sie hat nicht mit den vereinten Kräften von Surah, Sera und Nuray gerechnet.

Der Kampf ist vorüber. Die einstmals so mächtige Königin der Schattenelfen ist auf ihrem Turm zu Stein erstarrt.

Eyela ist mit ihrem Gefolge auf dem Sonnwendfels angekommen.
Dort treffen sie auf Bilara und bereiten alles für das Drachenfest vor.

Auf dem Weg zum Drachenfest: Während Marween
hoch in den Lüften auf Antylars Rücken fliegt, ...

... flattert Nugur fröhlich neben Faraun. Sie müssen sich beeilen, denn schon bald ist die Zeit der Sonnwende. Zeit, den Pakt zwischen Elfen und Drachen zu erneuern.

Feierlich besiegeln Elfen und Drachen ihren Pakt. Als neue Königin der Schattenelfen garantiert Nuray Friede, Magie und Einigkeit.

Auf dem Drachenfest feiern die Elfen bis spät in die Nacht. Alle sind glücklich. Ophira ist geschlagen und Elfen und Drachen wiedervereint.

»Auf *bayala*!«

Im Wald ahnte unterdessen niemand, dass Ophira längst Wind von ihrem Ausflug bekommen hatte. Alles war ruhig, nur die Pferde schnaubten leise. Jaro schichtete Feuerholz auf. Für ihn war das eine der schönsten Zeiten des Tages. Er war viel im Wald um das Schattenelfenschloss unterwegs und liebte die Ruhe und Geborgenheit zwischen den Bäumen, nachdem die Sonne untergegangen war. Vorsichtig schlug er zwei Feuersteine aneinander, um das Holz zu entzünden, als Sera zu ihm trat.

»Hey.« Jaro sah auf und lächelte. Er mochte Sera gern. Das war kein Wunder, sie war Surahs Zwillingsschwester, auch wenn ihr Haar hell wie die Sonne war und ihre Flügel bunter als die von Surah. Doch es war noch mehr: Sie hatte eine so gelassene, sanftmütige Art, war immer fröhlich und gut gelaunt. Surah dagegen wirkte oft traurig und gedankenverloren. Trotzdem oder gerade deshalb würde er aber immer alles tun, um sie zu beschützen.

»Hast du schon mal Feuer gemacht?«, fragte er Sera und schlug die Steine wieder gegeneinander.

»Das kann ich nicht gerade behaupten«, erwiderte Sera und lächelte. »Aber wir können ja mal meine Feuerrose ausprobieren.«

Sie zog eine der Blüten, die Surah ihr geschenkt hatte, aus ihrem Beutel.

»Feuerrose?« Jaro blickte erstaunt auf. »Was ist das?«

Sera kicherte und kam näher.

»Das wirst du gleich sehen«, sagte sie und warf die Blüte auf die Feuerstelle. Mit einem Puff entzündete sich das trockene Holz und brannte lichterloh.

»Huch«, rief Jaro. Vor Schreck fiel er nach hinten um. Auch Sera erschrak. Das hatte sie nicht gewollt. Es war ihm doch hoffentlich nichts passiert?

»Das war ein ziemlich guter erster Versuch.« Jaro grinste und rieb sich den Kopf.

Sera lachte. Auch sie mochte Jaro wirklich gern. Sie streckte ihm ihre Hand hin, um ihm aufzuhelfen, als ein lauter Schrei beide aufschreckte.

»Versteckt euch. Versteckt euch, schnell.« Es war Surah. Sie kam aus dem Wald gerannt, gefolgt von Kuack ... und einer ganzen Horde schwarzer Raben, die in wildem Durcheinander hinter Munyn her auf das Lager zuflog.

Jaro und Sera nahmen Zuflucht hinter einem umgestürzten Baumstamm. Auch Surah versteckte sich dahinter, doch sie sprang gleich wieder auf.

»Marween«, rief sie entsetzt und flog los, hinunter zum Fluss. Sie musste sie unbedingt warnen und Nugurs Ei schützen.

»Surah«, rief Sera und wollte ihr folgen.

»Nein.« Jaro hielt sie fest und zog sie wieder hinter den Baumstamm. »Warte.« Es hatte ja keinen Sinn, wenn jetzt alle in wilder Panik durch den Wald irrten.

Wie eine dunkle Gewitterwolke waren die Raben schnell näher gekommen. Allen voran flog Munyn und behielt alles genau im Blick. Er hatte sofort gesehen, dass Surah hinunter zum Fluss flog, und auf sein Kommando drehten die Raben ab und folgten ihr.

Marween saß immer noch am Flussufer und beobachtete zusammen mit Nugur und Lykos Piuhs Angelkünste. Mithilfe seines Schwanzes hatte er inzwischen einen ganzen Berg Fische aus dem Wasser gezogen.

»Marween, runter«, rief Surah, und ehe Marween sich versah, warf Surah sich über sie und Nugurs Ei, um sie unter ihren Flügeln vor Munyns Blicken zu verbergen.

Piuh war bei der Ankunft der Raben blitzschnell unter seinem Berg von Fischen verschwunden. Der riesige Lykos sprang hoch, bellte wie wild und schnappte nach den Vögeln, die im Tiefflug über den Fluss heranschossen. Doch sie waren zu geschickt. Er erwischte keinen einzigen.

Kaum waren sie über Surah und Marween hinweggeflogen, sprang Surah auf und packte das Ei.

»Lauf«, rief sie Marween zu und rannte los, die Böschung hinauf zu den anderen. Das ließ Marween sich nicht zweimal sagen. Wie der Blitz rannte sie neben Surah her. Lykos zog Piuh am Schwanz aus seinem Fischberg und folgte ihnen in Windeseile.

So schnell die Raben gekommen waren, so schnell waren sie auch wieder verschwunden. Ophira hatte vorerst genug gesehen. Irgendetwas stimmte da nicht, das lag klar auf der Hand.

»Surah verbirgt etwas«, sagte sie und starrte von ihrem Turm in die Dunkelheit . Sie wandte sich zu Nuray. »Ihr beide seid so vertraut miteinander gewesen. Was denkst du, was sie vorhat?«

Selbst wenn Nuray es gewusst hätte, niemals hätte sie ihre beste Freundin verraten. Aber sie wusste es nicht, und so zuckte sie gleichgültig mit den Schultern.

»Ich habe Surah fünf Jahre lang nicht mehr gesehen«, sagte sie. »Woher soll ich das wissen?«

Ophira lachte spöttisch.

»Natürlich«, sagte sie böse. »Ich Dummerchen. Ich werde Surah einfach selbst fragen. Wenn sie das überlebt ...«

Damit streckte sie ihre Hände aus und ließ mit ihren magischen Kräften zwei kalt schimmernde, grünlich und bläulich flackernde Wirbel erscheinen.

Der Sturmzauber …

»Nein.« Nuray sprang entsetzt auf und eilte zu ihr.

Ophira hielt den immer größer werdenden Wirbel mit einer Hand. Mit der anderen wehrte sie Nuray mit einer einzigen, leichten Bewegung ab und schleuderte sie mit ihrer magischen Kraft von sich. Sie blieb an einer Drachenstatue wie festgenagelt hängen. Sosehr sie sich auch bemühte, gegen den Zauber ihrer Tante war sie machtlos.

Ophira ließ über dem Lager im Wald eine riesige Sturmwolke aufziehen.

»Bei meinen Flügeln …«, staunte Marween, als sie den heranziehenden Sturm bemerkte.

»Versteck Nugur.« Eilig drückte Surah ihr das Ei in die Hände. Sie hatte es mit einer großen Blüte umhüllt, damit Munyn es nicht sehen konnte. »Wir müssen weg. Schnell.«

Doch bevor die beiden Sera und Jaro erreichten, die bei den Pferden warteten, schlug ein greller Blitz in den Baum beim Lager ein. Die Baumkronen fingen Feuer und flackerten wild in der Dunkelheit.

Das war zu viel für die Pferde. Sie bäumten sich auf und waren nicht mehr zu halten. Wie die wilde Jagd preschten sie den Weg entlang und waren innerhalb von Sekunden verschwunden.

Alles ging drunter und drüber. Der Wind zerrte an den Bäumen, und von oben fielen brennende Äste herunter. Einer davon hätte Sera fast erwischt.

»Schnell«, rief Surah. »Verschwindet alle.«

Im Moment der Gefahr fiel ihr nichts Besseres ein, als Ophiras Zauber mit einem Gegenzauber zu bekämpfen, auch wenn sie sich geschworen hatte, ihn nicht mehr zu benutzen. Sie konzentrierte sich und ließ zwei helle, rosa und lila glitzernde Wirbel auf ihren Handflächen erscheinen. Auch sie beherrschte schließlich den Sturmzauber. Das hatte sie vor fünf Jahren bei ihrer Flucht aus dem Schattenelfenschloss bewiesen. Wobei, beherrschen war vielleicht nicht das richtige Wort ... Damals war einiges schiefgelaufen, und auch jetzt konnte sie nur mit Mühe das Gleichgewicht halten.

Immerhin gelang es ihr, die Spitzen ihrer Wirbel auf das Feuer zu richten. Doch kontrollieren konnte sie den Zauber nicht. Die anderen beobachteten sie gespannt. Es war ein bisschen unheimlich, wie Surah versuchte, Ophira mit ihren eigenen Mitteln zu bekämpfen. Doch im Moment schien sie alles nur noch schlimmer zu machen. Jede Menge Äste prasselten aus dem Baum auf sie herab.

»Nein, nein, nein«, flehte Surah. »Bitte nicht schon wieder ...« Krampfhaft versuchte sie, sich auf den Beinen zu halten und dem wild tanzenden Wirbel eine Richtung zu geben.

Lykos wich einem herabstürzenden Ast aus, schnappte sich Piuh und machte sich aus dem Staub. Jaro brachte Marween und Nugurs Ei in Sicherheit.

Sera beobachtete die Bemühungen ihrer Schwester mit banger Miene. Es war offensichtlich, dass sie die Kraft nicht kontrollieren konnte.

»Surah, pass auf«, schrie sie und warf sie gerade noch rechtzeitig zu Boden, bevor Surah von einem Ast getroffen wurde. Bei ihrem Sturz löste sich der Wirbel aus Surahs Hand.

Die Schwestern sahen ihm mit angstvollem Blicken nach. Sie hatten Glück im Unglück: Er stieg genau in der richtigen Richtung zum Himmel auf, umschloss Ophiras Raben und die riesige dunkle Gewitterwolke am Himmel und ließ den ganzen Sturm in sich zusammenfallen. Zur Abwechslung wurde die wilde Schar der Raben einmal ordentlich durcheinandergeschüttelt. Auch Ophira, die durch Munyns Augen sah, wurde es auf ihrem Turm kurz schwindelig. Überrascht hielt sie sich den Kopf.

»Was war denn das?«, fragte sie.

Nachdem alles vorbei war, sammelten sich unten im Wald wieder alle auf der Lichtung. Das Lager war völlig verwüstet, die Feuerstelle zerstört und die Pferde in alle Richtungen davongaloppiert. Überall lagen heruntergefallene Äste.

»Alles okay«, sagte Marween sanft und versuchte, Nugur in seiner Eierschale zu beruhigen. »Es ist vorbei.«

Jaro betrachtete die beiden besorgt und strich Marween über den Kopf.

»Bist du okay?«, fragte er.

»Uns geht's gut.« Marween nickte tapfer.

Ein paar Meter entfernt sprang Surah auf die Beine.

»Sera, bist du in Ordnung?«, fragte sie ängstlich und reichte ihrer Schwester die Hand.

Sera rappelte sich auf und nickte. Bewundernd blickte sie ihre Schwester an.

»Der Sturmzauber«, sagte sie. »Auf der ganzen Welt war keine Sonnenelfe jemals imstande, den Sturmzauber auszuführen. Wie hast du das bloß geschafft?«

Surahs Gesicht verfinsterte sich. Sie wollte nichts davon hören. Vor fünf Jahren war es schiefgegangen. Damals hatte sie Nuray im Schattenelfenschloss zurücklassen müssen. Und jetzt hatten sie einfach nur Glück gehabt. Der Sturmzauber war ihr Fluch, nicht ihr Segen.

»Wir müssen weiter«, sagte sie ärgerlich, ohne auf Seras Frage einzugehen. »Sofort.«

Dann ließ sie ihre Schwester einfach stehen.

Aufbruch der Elfenstämme

Im Sonnenelfenschloss ahnte niemand, wie sehr Surah, Sera und ihre Gefährten schon am ersten Tag ihrer Reise in Bedrängnis geraten waren. Es war ein langer Tag, und Eyela war erschöpft. Zuerst die Krönung, die von Ophiras Raben gestört worden war, dann Marweens Stein, der sich überraschend als Drachenei herausgestellt hatte, und schließlich ihr Plan eines Drachenfests, bei dem sich alle Elfenstämme versammeln sollten. Es war spät am Abend, und es gab nur noch eine Sache zu erledigen: die Unterhaltung mit dem Waldelfenkönig.

Der schien kein bisschen müde zu sein. Kerzengerade stand er vor Eyelas Thron und betrachtete sie streng. Die langen hellen Haare hatte er oben zu einem Knoten gebunden. Seine Flügel erinnerten an die hellgrünen Blätter der Bäume, und auch sein festlicher Anzug war in den erdfarbenen und grünen Tönen des Waldes gehalten.

»Ein Drachenfest?«, fragte er misstrauisch, als Eyela ihm ihre Pläne ohne Umschweife mitteilte. Die anderen hatten ja schon zugesagt, also war sie guter Dinge. Doch der Waldelfenkönig schien aus anderem Holz geschnitzt zu sein. Er sagte einfach gar nichts. Zunehmend nervös beobachteten ihn Eyela, Falaroy und Feya. Der König zupfte nachdenklich an seinem dünnen Bart. Unmöglich, an seinem Gesicht abzulesen, wie er über Eyelas Vorschlag dachte. Doch dann vermeinte Eyela, ein schmales Lächeln um seine Mundwinkel wahrzunehmen. Es wurde breiter, und seine Augen fingen an zu funkeln.

»Nun ja«, sagte er schließlich lang gezogen. »Die Waldelfen könnten daran teilnehmen ...«

»Oh, vielen, vielen Dank«, rief Eyela erleichtert. »Wir wollen gleich morgen –« Doch weiter kam sie nicht.

»Ähm, nennt mich verrückt«, unterbrach sie der Waldelfenkönig und ging nachdenklich vor Eyelas Thron auf und ab. »Aber: Braucht man für ein Drachenfest nicht Drachen?« Verschmitzt blickte er Eyela an.

Eyela stutzte. War der König der Waldelfen tatsächlich der Meinung, sie hätte diesen Punkt nicht bedacht?

»Oh ja«, sagte sie zuvorkommend. »Natürlich ... Ich meine –«

Wieder unterbrach der Waldelfenkönig sie mit seiner schnarrenden Stimme, die etwas an das Sägen von Holz erinnerte.

»Und ... habt Ihr denn Drachen?«

Eyela war unsicher, auf was er hinauswollte. Sprach er von ausgewachsenen, echten Drachen? Oder zählte der kleine Nugur in seinem Ei auch schon als Drache für ihn?

»Also«, antwortete sie zögernd. »Ja!«

»Und ...«, setzte der Waldelfenkönig seine Befragung fort. Eyela, Falaroy und Feya erwarteten mit Spannung, was ihm wohl jetzt noch für eine schwerwiegende Frage einfallen würde. »Wird auch getanzt?«

Alle drei blickten ihn erstaunt an. Getanzt?

»Aber ... Aber ja«, riefen sie beinahe gleichzeitig. Eyela sprang auf.

»Mehr Tanz, als Ihr jemals erlebt habt«, fügte Falaroy etwas voreilig hinzu.

Eyela strahlte den Waldelfenkönig an.

»Falaroy wird seinen berühmten Drachentanz zeigen«, sagte sie.

Falaroy nickte zustimmend. Dann erst ging ihm auf, was Eyela da gerade versprochen hatte. Seinen berühmten Drachentanz? Er selbst hatte davon noch nie etwas gehört. Mit offenem Mund starrte er seine Königin an. Wie konnte sie nur so etwas versprechen?

»Hmm«, machte der Waldelfenkönig misstrauisch und musterte Falaroy ungläubig.

Feya schluckte. Auch sie schien nicht ganz überzeugt von Falaroys Tanzkünsten. Aber Eyela blieb unerbittlich. Sie nickte hoheitsvoll. Feya gab Falaroy einen aufmunternden Schubs.

Da blieb ihm wohl nichts anderes übrig, als seine Künste vorzuführen. Mit einem schicksalsergebenen Seufzer begab Falaroy sich in die Mitte des Saals. Einen Moment lang dachte er nach. Und ganz plötzlich begann er, sich in den wunderlichsten Posen und Verrenkungen hin und her zu bewegen. Er wackelte mit den Hüften und mit dem Po, er klappte die Arme und Hände auseinander und wieder zusammen, flatterte im Kreis und ließ nichts unversucht, um sich lächerlich zu machen. Dachte er ... Doch plötzlich fingen Eyela und Feya an, mit den Füßen zu wippen. Und über das Gesicht des Waldelfenkönigs glitt ein erstauntes, freudiges Lächeln. Er zögerte nicht lange, flatterte begeistert hinüber zu Falaroy und hakte sich bei ihm unter. Dann hüpfte er lustig im Kreis, ehe Falaroy noch ganz begriff, wie ihm geschah. Sein Tanz schien dem König tatsächlich zu gefallen.

»Aaha, ha, haa«, lachte der Waldelfenkönig meckernd und drehte sich immer schneller.

Falaroy blickte verdutzt zu Eyela hinüber, doch dann lachte auch er und hüpfte wild im Kreis. Der Waldelfenkönig drehte Falaroy mehrere Male um die eigene Achse und gab ihm abschließend einen schwungvollen Schubs, sodass er in Pirouetten quer durch den Saal schoss. Eyela und Feya konnten gerade noch ausweichen, sonst hätte er sie unweigerlich mitgerissen. Mit einem letzten Schwung landete Falaroy auf Eyelas Blütenthron, der nachgab und ihn sofort wieder hinausschleuderte.

»Oha«, rief er und landete völlig verdattert zu Füßen des Waldelfenkönigs. Der wusste sich vor Freude gar nicht mehr zu halten.

»Was für ein Spaß«, rief er begeistert. »Wir Waldelfen schwingen für unser Leben gern das Tanzbein. Wir haben den Rhythmus im Blut.« Er konnte gar nicht aufhören und hüpfte in lustigen Sprüngen zum Ausgang. »Ich bespreche das mit meinem Stamm. Aber es sieht ja so aus, als hättet Ihr alles unter Kontrolle.«

Damit war er verschwunden. Falaroy schüttelte sich, um wieder einen klaren Kopf zu bekommen. Besorgt stützte Eyela ihn. Alle drei lächelten zufrieden. Das wäre erst einmal geschafft. Alle Elfenstämme waren beim Drachenfest dabei. Am nächsten Tag konnten sie in Richtung Sonnwendfels aufbrechen. Jetzt hing alles von Surah, Sera und den anderen ab.

Im Wald schien am nächsten Morgen wieder die Sonne. Kuack flatterte durch die Bäume, ausnahmsweise einmal ohne an einem Ast oder Blatt oder Pferd hängen zu bleiben. Bei den anderen war die Stimmung allerdings immer noch getrübt. Marween saß auf Lykos und ließ den Kopf hängen. Neben ihr ging Jaro und trug Nugurs Ei. Auch er schien nicht sehr zuversichtlich zu sein. Viel Schlaf hatten sie in der Nacht ja nicht gerade gehabt. Zu Fuß war der Weg weit und kaum zu bewältigen. Sera ging einige Schritte hinter Surah, die düster vor sich hinstarrte.

Sera konnte sich denken, was ihre Schwester so beschäftigte. Sie sah sich ihre Trauermiene eine Zeit lang an, dann flog sie zu ihr.

»Komm schon«, sagte sie und nahm Surahs Hand. »Sprich mit mir. Der Sturmzauber ist der mächtigste Zauber in der gesamten Elfenwelt, und du kannst ihn ausführen.«

Unsanft schüttelte Surah ihre Hand ab und drehte sich weg. Doch so leicht ließ Sera sich nicht abschütteln.

»Wie konntest du mir das nur verheimlichen?«, fragte sie. »Ich bin deine Schwester. Mehr noch: deine Zwillingsschwester ...«

Surah starrte weiter vor sich hin und gab keine Antwort.

»Hey«, rief Sera. Langsam wurde sie ärgerlich. »Was ist denn los?«

Surah fuhr herum und warf ihrer Schwester einen wütenden Blick zu.

»Siehst du das nicht?«, rief sie und zeigte Sera ihre Hände. »Es ist böse.«

Sera blickte sie betroffen an. Das also beschäftigte Surah die ganze Zeit. Vorsichtig berührte sie die Hände ihrer Schwester.

»Entschuldige«, sagte sie leise.

»Vergiss es, Sera«, unterbrach Surah sie barsch. Sie wandte sich um und ließ sie ohne Weiteres stehen.

Sera blickte ihr besorgt nach. Surah war immer so traurig und ernst. Sie konnte nicht verstehen, was sie so aufbrachte und wieso sie der Meinung war, der Sturmzauber sei böse. Ein Ruf von Jaro riss sie aus ihren Gedanken.

»Die Pferde ...«

Tatsächlich: Keine zehn Meter vor ihnen entfernt weideten die Pferde am Waldrand auf einer Wiese. Im Nu hellten sich alle Gesichter auf. Jetzt würden sie doch wieder schneller vorankommen und mussten den langen Weg nicht zu Fuß zurücklegen. Vor lauter Begeisterung fing Nugur auf einmal an zu strampeln, bis der untere Teil seiner Eierschale weiter aufbrach und sein zweites Bein zum Vorschein kam. Ohne zu wissen, wohin er ging, torkelte er über den Weg auf die Pferde zu.

Jaro lachte.

»Jetzt kannst du also laufen«, rief er ihm nach.

Nugur wackelte weiter, bis er gegen ein Pferdebein stieß und umfiel. Die Pferde betrachteten verwundert das eigenartige Ding, das da vor ihnen lag und mit den Beinen strampelte.

Gleich nach Morgengrauen hatte sich auch Eyela zusammen mit den anderen Elfenstammführern und ihrem Gefolge auf den Weg gemacht. Eine lange farbenfrohe Karawane aus Wagen, Fußgängern und Reitern der Sonnenelfen, Regenbogenelfen, Eiselfen und Waldelfen zog sich entlang der Landstraße. Das hatte es schon lange nicht mehr gegeben: Einträchtig ritten die Anführer der Elfen nebeneinander. Allerdings war es damit schon an der ersten Weggabelung vorbei.

Die Eiselfenkönigin zügelte ihr Pferd und wies mit ihrem Fächer nach Osten.

»Komm schon, Schätzchen«, sagte sie zu Eyela, die direkt vor ihr ritt. »Der östliche Weg ist kühler und darum wesentlich angenehmer.« Sie lächelte herablassend. »Zumindest für uns Eiselfen.«

»Möglich«, wandte der König der Regenbogenelfen ein und brachte sein Pferd neben ihr zum Stehen. »Aber die westliche Route ist malerischer. All die wunderbaren Farben ...« Schwärmerisch verdrehte er die Augen.

Der Waldelfenkönig hielt sein Pferd ebenfalls an.

»Der Weg nach Süden ist der kürzeste, also nehmen wir selbstverständlich den.«

Eyela wandte sich im Sattel um. Was war denn jetzt los? Sie waren noch keine Stunde unterwegs, und schon gab es Ärger? Für solche Kindereien hatte sie nun wirklich keine Zeit. Sie winkte ab und ritt einfach weiter geradeaus. Feya und Falaroy folgten.

Die anderen blickten ihnen erstaunt hinterher.

»Und wo reiten die jetzt hin?«, fragte die Eiselfenkönigin.

»Da lang«, rief Falaroy und winkte. Alle Sonnenelfen setzten sich sofort in Bewegung und marschierten an den anderen vorbei hinter ihrer Königin her.

Der Waldelfenkönig strich sich nachdenklich über seinen langen, dünnen Bart. Dann schmunzelte er und breitete feierlich die Arme aus.

»Mein königlicher, wohlbedachter Beschluss lautet: Wir folgen ihnen.« Damit setzte er sein Pferd in Gang und ritt Eyela hinterher.

»Schön, schön«, meinte die Eiselfenkönigin ergeben und zuckte mit den Schultern. »Folgen wir den Sonnenelfen.«

»Ja, auf geht's, Regenbogenelfen«, rief auch der König der Regenbogenelfen. »Folgt ihrem Weg.«

Damit war es beschlossene Sache: Alle folgten den Sonnenelfen. Die erste Hürde auf der Reise zum Sonnwendfels war genommen. Aber weitere, wesentlich schwierigere würden folgen, da war sich Eyela sicher.

Sie ahnte allerdings noch nicht, wie recht sie behalten sollte. Denn auch die lange Karawane der Elfenstämme war von Ophira nicht unbemerkt geblieben. Hoch oben am blauen Himmel kreiste ein Rabe. Es war kein anderer als Munyn, der die Elfen im Auftrag seiner Herrin ausspähte.

»Hm«, murmelte Ophira auf ihrem Turm. »Eine Prozession? Ein Fest?« Sie runzelte die Stirn, und ihre dunklen Augen glänzten gefährlich. »Plant Eyela etwa ein Drachenfest?« Sie dachte angestrengt nach und warf Nuray einen fragenden Blick zu. Aber die zeigte ihr nur die kalte Schulter.

»Munyn«, rief sie mit Donnerstimme. »Behalte Surah und ihre kleine Gruppe im Auge. Ich muss wissen, was sie vorhaben.«

Munyn zog einen lang gestreckten Kreis am Himmel und flog sofort los zum Wald und den Fluss entlang, an dem er Surah und die anderen zuletzt gesehen hatte.

Surah und ihre Freunde waren dank der wiedergefundenen Pferde guten Mutes und vor allem auch wieder schneller unterwegs. Sie hatten den Wald hinter sich gelassen, in dem Munyn und seine Rabenschar sie überfallen hatten. Der Fluss schlängelte sich durch ein schmales, felsiges Tal. Nur ein enger, in den Fels geschlagener Pfad ermöglichte das Weiterkommen. Er stieg immer steiler an, und alle mussten langsam und vorsichtig hintereinander reiten, um nicht abzustürzen. Surah ritt allen voraus und blickte sich ab und zu nach den anderen um. Ihr folgten Marween und Jaro. Sera bildete den Schluss.

Es war ein langer, ermüdender Weg, doch schließlich erreichte Surah die Spitze des Felsens. Von dort aus hatte man einen atemberaubenden Blick auf die Gegend und den großen See, an dessen Ufer alle Königreiche *bayala*s angrenzten. Eine frische Brise belebte Surah, und sie trieb ihr Pferd an. Oben gab es Wiesen, und es blühten herrliche Blumen.

»Sera«, rief Surah begeistert und galoppierte über die Wiese. Dort bei den Felsen hatte etwas ihre Aufmerksamkeit auf sich gezogen. »Sind das nicht Fuchshütchen?«

»Fuchshütchen?«, rief Sera aufgeregt von unten. »Das kann doch nicht sein. Die sind doch mit den Drachen verschwunden.« Sie befand sich noch auf dem steilen Weg durch die Felsen und konnte die Wiesen nicht sehen. Aber jetzt trieb sie ihr Pferd an, um Surah möglichst schnell einzuholen.

»Ich pflücke sie für dich«, rief Surah eifrig und sprang vom Pferd. Sie wollte ihre schroffe Antwort von vorhin gern wiedergutmachen.

»Surah, warte auf mich.« Sera galoppierte an Marween und Jaro vorbei. Doch als sie oben ankam, konnte sie nur noch einen lang gezogenen Schrei hören.

»Surah«, rief Sera entsetzt. »Wo bist du?« Auch Jaro und Marween waren jetzt auf der Anhöhe angelangt.

»Wohin ist sie verschwunden?«, riefen sie.

Sera zuckte mit den Schultern. Von Surah war keine Spur zu sehen. Sie schien wie vom Erdboden verschluckt.

Die magische Höhle

Die lange Karawane der Elfen folgte Eyela durch einen Wald mit herrlich blühenden Bäumen. Am Wegrand wuchsen Blumen in wunderbaren bunten Farben, und in der Luft hing ein süßer Duft nach Blüten und Honig. Bis hierher war das große Welken offensichtlich noch nicht gekommen. Doch Eyela war in Eile und versuchte, schneller voranzukommen. Schließlich mussten sie den Sonnwendfels um jeden Preis rechtzeitig erreichen, sonst würde ihr schöner Plan ins Wasser fallen. Aber sie hatte ihre Rechnung ohne die Elfen gemacht.

Hinter ihr ertönte auf einmal Stimmengewirr, fröhliches Lachen und geschäftiges Rumoren. Erstaunt zügelte Eyela ihr Pferd. Auch Falaroy und Feya hielten an. Sie trauten ihren Augen nicht, als sie sich nach den anderen umwandten. Die Elfen waren aus ihren Wagen geklettert und von den Pferden gestiegen. Sie saßen am Wegrand und pflückten Blumen, streckten sich nach den Blüten und Blättern in den Bäumen und saßen fröhlich in Gruppen zusammen, als hätten sie nichts Wichtigeres zu tun, als hier mitten auf dem Weg ein Picknick vorzubereiten.

»Dafür haben wir jetzt wirklich keine Zeit«, sagte Eyela empört. »Was machen die denn?«

»Sie winden Kränze und basteln Girlanden für das Drachenfest«, erwiderte Falaroy. »Glaube ich zumindest ...«

Unwirsch schüttelte Eyela den Kopf.

»Elfen«, rief sie laut. Erstaunt blickten alle auf und hielten inne. »Zuerst muss ich euch sagen, dass ich eure wunderschönen Handarbeiten ... ähm ... sehr bewundere.« Eyela seufzte und warf einen Hilfe suchenden Blick zum Himmel. »Aber wir haben wirklich keine Zeit dafür. Um es kurz zu machen: Macht euch wieder auf den Weg, und zwar sofort.«

Verdutzt blickten die Elfen Eyela an. Dann ließen sie die Blüten und Blumen fallen, die sie eben gepflückt hatten. Sie stiegen wieder in ihre Wagen und auf die Pferde.

»Keine Girlanden?«, murmelten sie verständnislos. »Sie will keine Girlanden? Ein Fest ohne Girlanden?«

Ohne ein weiteres Wort wandte Eyela sich um und ritt weiter.

»Gut gesagt, meine Königin«, sagte Falaroy und schmunzelte. So viel Durchsetzungskraft hätte er Eyela früher nicht zugetraut. Wenn er daran dachte, wie zweifelnd sie am Morgen ihrer Krönung im Thronsaal auf und ab gegangen war ... Das war erst vor einem Tag gewesen. Doch jetzt war er überzeugt, dass sie eine hervorragende Königin sein würde.

Die anderen Elfenkönige waren da etwas vorsichtiger.

»Ich bin mir nicht so sicher, ob sie weiß, wie man ein Fest veranstaltet«, sagte der Regenbogenelfenkönig.

»Ein Fest ohne Girlanden ist doch kein Fest«, stimmte die Eiselfenkönigin zu.

»Sie wird unsere Hilfe brauchen, nicht wahr?«, meinte der Waldelfenkönig zweifelnd.

Alle drei nickten und folgten Eyela. Wenigstens waren sie sich einig.

Auf der Anhöhe hoch über dem großen See suchten Sera, Jaro und Marween die Wiese immer noch nach Surah ab. Sera ging zu ihrem Pferd. Es stand nicht weit entfernt und graste in aller Seelenruhe. Je näher sie ihm kam, desto dichter wuchsen die Fuchshütchen. Plötzlich stand Sera vor einem dunklen Loch, aus dem ein geheimnisvoller blauer Schimmer leuchtete. Aufgeregt rief sie die anderen. Es konnte gar nicht anders sein: Bestimmt war Surah hier hineingestürzt. Hoffentlich war ihr nichts passiert ...

Einer nach dem anderen flatterten sie vorsichtig hinunter. Sie betraten eine seltsame, magische Landschaft, die so gar nichts gemeinsam hatte mit den Wiesen und Wäldern, in denen die Elfen sonst lebten. Es herrschte ein geheimnisvolles Dämmerlicht, das von blau leuchtenden, riesigen Pilzen ausging, die wie Schirme über ihnen hingen. Große Kristalle wuchsen aus dem Boden und funkelten in diesem magischen Licht. Durchsichtige Pflanzen leuchteten, und der Weg war mit weichem Moos belegt. Vorsichtig bewegten sich Jaro, Sera und Marween durch diese fremde Welt.

»Surah«, rief Jaro mit unterdrückter Stimme. Wer wusste schon, wer hier unten alles hauste? Oder ob das vielleicht eine Falle der Schattenelfenkönigin war ... Jaro traute Ophira in dieser Hinsicht alles zu.

»Surah«, rief auch Sera. Was, wenn Surah hier unten etwas zugestoßen war? Seit ihre Schwester als kleines Kind von Ophira entführt worden war, hatte sie immer Angst um sie.

»Surah«, riefen alle laut. Hinter Marween gingen Lykos, Piuh, und als Schlusslicht flatterte Kuack. Da hatte er einmal nicht auf Surah aufgepasst, und schon war sie verschwunden ...

»Was ist das nur für ein Ort?«, fragte Jaro, nachdem sie eine Weile gegangen waren. Er bog mit der Hand ein paar große Blätter zur Seite. Als er hindurchspähte, traute er seinen Augen nicht. Vor ihm öffnete sich wie aus dem Nichts eine mit bunten Steinen geschmückte Halle, und in der Mitte stand Surah an einem Tisch. Aber das war nicht alles: Überall lagen und standen Flaschen, Körbe, Karaffen und Schalen herum. Es duftete nach allen möglichen geheimnisvollen

Zutaten, Kräutern und getrockneten Blüten und Blättern. Neben Surah stand eine ältere Elfe in einem lila Gewand und mit Flügeln, die denen der Regenbogenelfen ähnelten.

»Surah«, rief er erleichtert. Es schien ihr nichts zu fehlen.

Surah und die Elfe wandten sich um und lächelten.

»Hallo«, sagte die Elfe feierlich. »Darf ich euch allen ein Tässchen Tee anbieten?«

»Hä?«, machte Jaro. Er war so verblüfft, dass ihm wirklich nichts Besseres einfiel.

Sera trat neben ihn. Als sie die ältere Elfe erblickte, schlug sie sich vor Überraschung die Hände an die Wangen.

»Magus Bilara«, rief sie und lachte fröhlich.

»Die Magus Bilara?« Jaro blieb weiter mit offenem Mund an seinem Platz stehen, während sich Marween mitsamt Nugurs Ei an ihm vorbeiquetschte. »Die Lehrerin der Magie?«

Sera hatte Bilara seit ihrer Zeit als Lehrerin der Heil- und Zauberkräfte von Pflanzen nicht mehr gesehen und war überglücklich. Sie schloss erst Bilara und dann ihre Schwester in die Arme.

»Willkommen in meinem Zuhause«, sagte Bilara feierlich.

Hierher hatte sich die Magierin also zurückgezogen, seit Ophiras Macht immer mehr zunahm. Sie hatte sich in der Höhle aus Gras und Erde ein gemütliches, unterirdisches Häuschen gebaut. Kein Wunder, dass sie all die Jahre niemand gefunden hatte. Doch auch Ophira war nicht weit. Munyn hatte die Spur der kleinen Gruppe wieder aufgenommen. Er hatte sie von Weitem auf der Anhöhe oberhalb des Sees entdeckt. Doch als er näher kam, war niemand mehr zu sehen. Erstaunt ließ er seine Blicke schweifen und suchte die Anhöhe, die ganze Steilküste und die Strände des großen Sees nach Surah und ihren Freunden ab. Vergeblich ... In Bilaras Höhle waren sie vorerst vor seinen Blicken sicher.

Vor Bilaras gras- und blumenbewachsenem Häuschen stand auf einmal Nugur in seiner Eierschale im Mittelpunkt. Bilara hatte ihn auf einen Hocker gesetzt, und er ließ die Beine baumeln. Die Magierin legte ihre Hände auf die Eierschale.

»Ihr habt es schon gespürt, nicht wahr?«, sagte sie und blickte die anderen an. »Eure Magie wächst, je näher ihr Nugur seid.«

Surah und Sera nickten.

»Marween«, fuhr Bilara fort. »Dir ist das nicht aufgefallen, weil du bereits eine Bindung zu Nugur hattest. Dein ganzes Leben lang war das Ei unter deinem Heimatbaum versteckt.« Sie beugte sich zu Marween hinunter. »Du bist eine ganz besondere Elfe.«

Marween schluckte und blickte die Magierin mit großen Augen an. Sie, eine ganz besondere Elfe?

»Du bist eine Quelle der Lebensmagie. Darum kannst du auch die Drachensprache verstehen«, fuhr Bilara fort.

Surah, Sera, Jaro und Marween lauschten ihr aufmerksam. Hier ging etwas ganz Besonderes vor sich. Magie erfüllte jede noch so kleine Nische in dieser wundersamen Höhle.

Nugur allerdings interessierte das nicht lange. Er hatte genug vom Herumsitzen, rutschte von seinem Hocker und rannte einfach los. Zwar konnte er nichts sehen, aber was sollte schon passieren?

Auch Kuack, Piuh und Lykos hatten Bilara nicht sehr aufmerksam zugehört. Die Leckereien, die vor ihrer Hütte herumlagen, interessierten sie viel mehr. So futterten sie fröhlich Beeren und Früchte, als Nugur an ihnen vorbeiwankte. Mit Nugur zu spielen könnte doch auch spaßig sein, jetzt, da er laufen konnte ... Sie sprangen auf und tollten wild mit ihm herum.

Dabei machten sie so viel Krach, dass die anderen schließlich auf sie aufmerksam wurden.

»Nugur, Piuh«, rief Marween empört.

Schuldbewusst blieben Lykos und Piuh stehen, doch Nugur rannte einfach weiter. Die Treppe, auf die er dabei geradewegs zusteuerte, konnte er natürlich nicht sehen. Als Marween die Gefahr erkannte, war es beinahe zu spät.

»Bitte, nicht«, rief sie entsetzt und flog los wie der Blitz. Wenn Nugur die Treppe hinunterstürzte, dann würde die restliche Eierschale unweigerlich zerbrechen, und er würde sehen ... Aber nicht seine Eltern. Dann wäre alles verloren: die Magie, Eyelas Drachenfest ...

Auch Lykos und Piuh erkannten die Gefahr. Sie versuchten, Nugur zu stoppen. Kuack krächzte aufgeregt und schlug mit den Flügeln.

Die ersten Stufen meisterte Nugur noch und stolperte mehr schlecht als recht hinunter. Noch bevor er fiel, holte Lykos ihn tatsächlich ein und schubste ihn mit einem kräftigen Nasenstüber zurück auf den Platz vor Bilaras Häuschen. Das war die Rettung. So schien es zumindest. Doch der Stoß war etwas zu kräftig. Nugur flog durch die Luft und prallte mit voller Wucht gegen die gegenüberliegende Wand. Mit einem hässlichen Knacks zerbrach die Eierschale. Es war nichts mehr von ihr übrig außer einem kleinen Rest, der auf Nugurs Kopf saß und seine Augen gerade noch bedeckte.

Lykos und Piuh ernteten einen wütenden Blick von Marween. Doch für eine Standpauke war keine Zeit. In Windeseile sauste sie zu Nugur. Hoffentlich hatte er noch nichts gesehen ...

Lykos und Piuh duckten sich schuldbewusst und verzogen sich schleunigst.

»Sei vorsichtig«, sagte Marween ruhig zu Nugur, um ihn nicht zu erschrecken. Sie drückte ihm die Eierschale über die Augen. »Alles in Ordnung«, gab sie Entwarnung. Nugur hatte noch nichts gesehen.

Bilara eilte zu ihr.

»Pass auf«, sagte sie. »Die Schale muss seine Augen bedecken, bis er seine Eltern sehen kann.« Sie reichte Marween ihren Gürtel, die damit die restliche Eierschale auf Nugurs Kopf festband. Er sah drollig aus, als würde er einen Helm tragen, der ihm zu groß war. Auf jeden Fall waren seine Augen verborgen, und er konnte nichts sehen. Aber so ein Unfall durfte ihnen keinesfalls noch einmal passieren.

Bilara atmete auf.

»Zum Glück weiß Ophira nichts von Nugur«, sagte sie.

»Aber ...« Ratlos hob Sera die Hände. »Was ist eigentlich mit all den anderen Dracheneiern geschehen? Das habe ich mich schon immer gefragt. Hat Ophira sie vielleicht versteckt? Oder zerstört?« Ängstlich blickte sie Bilara an.

»Während all der Jahre im Schattenelfenschloss habe ich nie auch nur ein einziges Ei gesehen«, warf Surah ein.

»Ich habe leider auch keine Ahnung.« Bilara seufzte. »Ophira war immer unglaublich schlau. Und einfallsreich ...«

»Und böse«, fügte Sera ärgerlich hinzu. »Wie ihre Magie.«

Surah neben ihr nickte eifrig. Endlich hatte Sera ihre Sorgen verstanden. Sie befürchtete, dass diese Magie, vor allem der Sturmzauber, auch bei ihr die dunklen Seiten zum Vorschein bringen könnte.

Bilara lächelte.

»Kind«, widersprach sie Sera gutmütig. »Nichts ist von sich aus gut oder böse.« Sie sah sich um und nahm einen Stein aus einer Schale vom Tisch. »Sieh her. Ich kann diesen Stein benutzen, um Samen für Medizin zu zerstoßen. Oder ich nehme ihn als Brief-beschwerer. Oder ...«, auf einmal verdüsterte sich ihr Gesicht, »... ich kann das hier tun.«

Sie schlug den Stein mit voller Kraft in die Schale. Sie zersprang in tausend Stücke.

Alle zuckten erschrocken zusammen und sprangen einen Schritt zurück. Nur Kuack, Lykos und Piuh ließen sich mal wieder nicht beeindrucken. Begeistert eilten sie zum Tisch und futterten die aus der Schale zu Boden gefallenen Früchte auf.

»Genauso ist es mit der Magie«, fuhr Bilara ungerührt fort.

»Es kommt darauf an, wie man sie benutzt. Das macht den Unterschied aus.«

Sie trat auf Surah zu und nahm sie bei der Schulter.

»Es gibt etwas Wichtiges, das ich dir zeigen möchte«, sagte sie. »Komm mit mir.«

Surah zog ein erstauntes Gesicht. Bilara führte sie in einen niedrigen Gang, der in den Fels geschlagen war, und eine steile Treppe hinauf.

Oben angekommen, traten sie aus einem schmalen Durchgang im Fels auf eine Ebene hoch über Bilaras Höhle und dem großen See. Inzwischen war die Nacht hereingebrochen, und unzählige Sterne blinkten am Himmel. Es war ruhig und kühl, und Surah fühlte sich ganz sicher und geborgen. Schweigend gingen sie bis zu einer Ansammlung von großen Felsen und Steinen, in deren Mitte ein bläulicher Schimmer erstrahlte. Erst hier sprach die Magierin.

»Der Stein in der Mitte wird ›das blaue Auge‹ genannt. Unsere Vorfahren kamen einst hierher, um sich auszuruhen und nachzudenken. Sie waren davon überzeugt, das Auge würde ihnen dabei helfen, die Dinge aus einem anderen Blickwinkel zu sehen.«

Surah wurde von dem gleißenden blauen Licht des Steins magisch angezogen. Unter seiner Oberfläche schienen sich träge Ströme von Licht zu bewegen. So etwas hatte Surah noch nie gesehen.

»Ich habe den Sturmzauber gefühlt, als ich deine Hand berührte«, fuhr Bilara unvermittelt fort. »Er kommt aus deinem Herzen, aber du fürchtest ihn.«

Surah blickte sie traurig an. Für Bilara schien sie ein offenes Buch zu sein. Ja, sie fürchtete den Sturmzauber, seit sie das erste Mal bemerkt hatte, dass sie ihn beherrschte. Oder besser gesagt, er sie ...

»Er gehört Ophira«, erwiderte sie bitter. »Der Sturmzauber ist gefährlich und böse.« Davon war Surah fest überzeugt, mochte Bilara sagen, was sie wollte.

»Er gehört auch dir«, meinte Bilara ruhig. »Glaubst du, dass du böse bist?«

Surah dachte einen Moment lang nach.

»Nein«, sagte sie dann schlicht.

»Sind deine Flügel böse?«, fragte Bilara weiter. Sie hatte Surahs Sorgen sofort gespürt. Sie wusste, dass sie sich einsam und allein fühlte, weil sie anders war als die anderen Sonnenelfen. Sie konnte nichts dafür, und Sera stand sicher für sie ein, doch das half nicht immer.

»Ich ... ich weiß es nicht«, sagte Surah unsicher.

Bilara seufzte. Sie nahm Surahs Hände fest in ihre und blickte ihr tief in die Augen. Zuerst spürte Surah gar nichts, doch plötzlich hatte sie das Gefühl, als entströme dem blauen Auge und Bilaras Händen eine gewisse Kraft, etwas Beruhigendes, Warmes. Etwas Gutes ... Und dann regte sich etwas in ihren eigenen Händen. Bilara nickte ihr aufmunternd zu.

Zögernd streckte Surah ihre Handflächen aus und sah mit Schrecken die kleinen rosa Wirbel des Sturmzaubers darauf tanzen.

»Lass einfach los, mein Kind«, sagte Bilara sanft.

Surah atmete tief ein und versuchte, ruhig zu bleiben. Auf einmal geschah etwas Sonderbares. Kaum hatte sie angefangen, sich ein wenig zu entspannen, da zitterten die Wirbel nicht mehr so stark. Sie zogen und zerrten nicht mehr wild in verschiedene Richtungen, sondern standen ganz leicht und ruhig auf ihren Händen. Surah konnte es kaum glauben. Sie wurde ruhiger und entspannter, und schließlich ließ Bilara ihre Hände los und trat einen Schritt zurück.

Surah konzentrierte sich auf die Wirbel. Noch nie hatte sie das geschafft. Noch nie hatte sie den Sturmzauber kontrolliert. Doch jetzt ... Sie konzentrierte sich weiter, breitete die Arme aus und ließ sich langsam von den Wirbeln in den Nachthimmel hineinziehen. Sie schwebte höher und immer höher, allein getragen von der mächtigen Kraft der Wirbel.

So ganz traute sie dem Frieden noch nicht, aber je länger sie schwebte, desto sicherer wurde sie. Sie fühlte sich frei, endlich frei. Mit Bilaras Hilfe hatte sie den Sturmzauber gebändigt. Nun gehörte er tatsächlich nicht mehr Ophira allein. Er gehörte auch zu ihr. Surah lachte glücklich. Sie spürte, dass der Zauber nicht böse war, sondern einfach so wie sie, und sie fühlte sich zum ersten Mal mit sich selbst im Reinen. Sie ließ sich zurück zur Erde sinken. Bilara lachte zufrieden.

Ein Sturm zieht auf

Am nächsten Morgen trafen sich Surah, Sera, Jaro und Marween mit Bilara am Ufer des großen Sees. Bilara hatten ihnen geraten, die Pferde zurückzulassen und ihre Reise zu Wasser fortzusetzen. Vor einem Höhleneingang am Fuß der Steilküste lag Bilaras Boot in einer kleinen, versteckten Bucht. Surah und Sera beluden es mit Vorräten für die Reise.

»Der Weg zum Drachengipfel beginnt auf der anderen Seite des Sees«, erklärte Bilara. »Bald danach kommt eine Abzweigung, die zum Schattenelfenschloss führt.«

Unvermittelt stieß Bilara einen seltsamen Ton, eine Art Pfeifen aus. Hufgetrappel ertönte, und ein blendend weißes Pferd galoppierte mit einer golden in der Sonne schimmernden Mähne auf sie zu. In einiger Entfernung blieb es stehen und bäumte sich auf. Surah, Sera, Jaro und Marween trauten ihren Augen nicht.

»Bei meinen Flügeln«, rief Marween überrascht. »Surah, siehst du das?«

Surah hatte ihren Korb mit Vorräten abgestellt und nickte.

»Ich sehe es«, sagte sie andächtig. »Das ist fantastisch.«

Erst als das Pferd näher gekommen war, bemerkten die vier, dass es sich gar nicht um ein Pferd handelte. Dieses wunderschöne Tier, das so plötzlich aufgetaucht war wie eine Erscheinung, war ein Einhorn! Selbst in der magischen Welt *bayala*s war ein Einhorn eine wirkliche Seltenheit, und viele Elfen hatten nie eins zu Gesicht bekommen.

Das Einhorn wieherte und trabte auf sie zu. Sein fein gedrechseltes silbernes Horn blinkte in der Sonne.

»Ich hätte nie gedacht, dass ich mal ein richtiges Einhorn sehen würde«, sagte Sera begeistert.

»Es ist wunderschön, Bilara«, rief Marween. Sie setzte Nugur ab und ging hinüber zu der Magierin, die das Einhorn begrüßte wie einen alten Freund. Auf seinen Flanken waren feine, gewundene Ornamente gezeichnet. Seine goldene, gewellte Mähne strahlte in der Sonne.

Bilara lächelte.

»Schon gut, Mädchen«, sagte sie und streichelte dem Einhorn sanft die Nüstern. »Ihr könnt es später auf dem Sonnwendfels noch bewundern. Wir alle haben jetzt Wichtigeres zu tun ...«

»Bilara hat recht«, sagte Surah. »Wir müssen uns beeilen.«

So sah Nugur das auch. Während alle sich um das Einhorn versammelt hatten, war er schon wieder aufgebrochen, um die Gegend zu erkunden. Dass er immer noch nichts sehen konnte, störte ihn dabei wenig. Immerhin war er jetzt, da er fast ganz von der Eierschale befreit war, auf seinen vier Beinen wesentlich sicherer unterwegs als zuvor. Munter marschierte er drauflos, hinüber zu den Felsen, die am Ufer des Sees lagen.

Munyn hatte die Nacht auf einem Baum auf der Anhöhe oberhalb von Bilaras Höhle verbracht. Sobald der Morgen angebrochen war, hatte er sich wieder auf die Suche nach Surah und ihren Freunden gemacht und flog die Steilküste entlang. Weit unter sich, in der abgeschiedenen Bucht, entdeckte er die vier zusammen mit Bilara. Eilig flog er näher, um sich zu vergewissern, dass es sich auch tatsächlich um Surah handelte, als ein kleines buntes Etwas seine Aufmerksamkeit auf sich zog. Da wackelte und krabbelte etwas im Sand auf die Felsen am See zu. Es ging auf vier Beinen, hatte einen schuppigen, grünlich glänzenden Körper und bunte, kleine Flügel ...

Er flog rasch näher und hatte bald keine Zweifel mehr: Es konnte sich nur um ein Drachenbaby handeln. Aber wie war das möglich? Hatte nicht Ophira alle Dracheneier gestohlen? Offensichtlich war ihr eines entgangen ...

In Munyn reifte ein Plan. Ophira würde ihm bestimmt für alle Zeiten dankbar sein, wenn er das Drachenbaby zu ihr brachte. Damit würde Eyelas Drachenfest ins Wasser fallen, und Ophiras Vorhaben, die anderen Elfen zu unterwerfen und Herrscherin von ganz *bayala* zu werden, stünde nichts mehr im Weg.

Im Sturzflug stürzte Munyn vom Himmel, direkt auf Nugur zu, der die Felsen erreicht hatte und fröhlich und nichts ahnend auf ihnen herumkletterte.

»Krächz«, machte Munyn gierig.

Das Geräusch ließ Jaro aufhorchen. Beunruhigt drehte er sich um und entdeckte den Raben, der auf Nugur herabstürzte.

»Munyn«, rief er laut.

Alle fuhren herum.. Nugur hatten sie in ihrer Begeisterung über das Einhorn völlig vergessen. Nur Nugur selbst bekam von der Gefahr nichts mit. Tollpatschig stolperte er vom Felsen und landete im weichen Sand.

»Nugur«, rief Marween entsetzt. »Lass ihn in Ruhe.« Wie der Wind flog sie los. Unterwegs angelte sie eine große Nuss aus einem der Vorratskörbe.

Aber Munyn hatte Nugur schon erreicht und streckte die Krallen aus, um ihn zu packen. Jede Rettungsaktion schien umsonst.

Doch so leicht gab Marween nicht auf. Als ihr klar war, dass sie nicht vor Munyn bei Nugur sein würde, landete sie im Sand, kniff ein Auge zusammen und zielte genau. Als Munyn direkt über Nugur war, schleuderte sie die Nuss mit aller Kraft auf ihn.

Damit hatte Munyn nicht gerechnet. Er konnte den kleinen Drachen förmlich schon zwischen den Krallen spüren, als Marweens Nuss ihn erwischte und auf seinem Schnabel stecken blieb. Die Wucht des Aufpralls schleuderte ihn auf den nächsten Felsen, auf dem er benommen liegen blieb.

Marween zögerte keine Sekunde. Eilig flog sie zu Nugur, packte ihn und flatterte zurück zu den anderen.

»Schnell, steigt ins Boot«, rief sie ihnen zu.

Munyn schüttelte sich und befreite sich von der Nuss. Nugur hatte er nicht bekommen. Trotzdem musste er sofort zurück zu Ophira … Ohne Zeit zu verlieren, flog er los.

Bilara schwang sich auf den Rücken des Einhorns.

»Brecht schnell auf«, rief sie. »Ophira weiß jetzt von eurem Geheimnis. Wir sehen uns morgen auf dem Sonnwendfels.« Sie winkte und ritt davon.

Das ließen sich Surah und ihre Freunde nicht zweimal sagen. Eilig bestiegen sie das Boot und segelten los. Marween machte es sich mit Piuh und Nugur im Bug bequem. Mit einem Stück Kohle malte sie Nugur große schwarze Augen auf die Eierschale, ungefähr dort, wo sich auch seine echten Augen befinden mussten.

Als sie fertig war, lehnte sie sich zurück und betrachtete ihr Werk.

»So«, sagte sie zufrieden. »Jetzt siehst du richtig gefährlich aus. Der blöde Munyn wird sich nie wieder mit dir anlegen.«

Nugur fauchte leise.

»Ein Drache …«, sagte Ophira tonlos. Wie konnte das sein? Sie war noch ein bisschen blasser als sonst, wenn das überhaupt möglich war.

Ärgerlich blickte sie von ihrem Turm hinunter auf den See. »Und er ist schon fast geschlüpft. Munyn hätte ihn beinahe gehabt.« Sie ballte eine Faust. »Sie veranstalten tatsächlich ein Drachenfest.«

Nuray saß zu Füßen einer der Drachenstatuen und lachte.

»Und? Gehst du hin, Tante Ophira?«, fragte sie spöttisch. Sie erhob sich und flog hinüber zu ihr. »Ich bin sicher, du wärst die absolute Stimmungskanone.«

»Ach.« Ophira winkte ärgerlich ab. »Es wird kein Drachenfest stattfinden, wenn ich den Drachen habe. Sie werden ihn mir bringen. Ob sie wollen oder nicht.« Sie öffnete ihre Handflächen. Sofort erschienen zwei giftgrüne Wirbel darauf, die sich ruhig und gefährlich glitzernd um sich selbst drehten. Der Sturmzauber ... Schon wieder. Nuray schwante nichts Gutes.

Auch Surah traute dem Frieden nicht. Ophira hatte bestimmt schon von Nugur erfahren. Das würde sie nicht auf sich beruhen lassen. Sie stand im Heck des kleinen Boots und suchte den Himmel ab. Es dauerte nicht lange, und sie sah vor der Küste des Schattenelfenreichs eine dunkle Wolke aufziehen.

»Ein Sturm ...«, murmelte sie. Kaum waren sie einer Gefahr entronnen, drohte schon die nächste. Es bestand kein Zweifel, dass Ophira ihre Finger im Spiel hatte, denn ansonsten war der Himmel wolkenlos.

Zielstrebig kam die dunkle Wolke auf sie zu, und je näher sie kam, desto schwärzer wurde sie. Der Wind nahm stetig zu, und die Wellen wurden höher und höher. Das kleine Boot sprang herum wie eine Nussschale, tauchte in die Wellentäler und tanzte auf den schaumgekrönten Wellenkämmen. Es war nur noch eine Frage der Zeit, bis sie kentern würden. Sera und Jaro standen am Ruder und versuchten verzweifelt, das Boot auf Kurs zu halten. Es wurde immer dunkler, und der Sturm wuchs an.

»Surah«, rief Jaro gegen den Wind. »Kümmere dich um die Segel. Der Wind bringt uns vom Kurs ab. Wir steuern direkt auf das Schattenreich zu.«

»Das ist Ophiras Sturmzauber«, entgegnete Surah.

Marween saß mit den Tieren vorn im Bug und tröstete Nugur, der allerdings mal wieder am wenigsten mitbekam. Piuh ging es da viel schlechter. Mit leidender Miene hing er über der Reling und verfütterte sein Frühstück an die Fische. Die Seefahrt war ja noch nie etwas für ihn gewesen, aber bei diesem Sturm ... Da war ihm einfach nur waschbärenelend. Lykos und Kuack ging es dagegen ganz gut. Mitfühlend stupste Lykos seinen Freund mit der Nase und hoffte, dass alles bald vorbei sein würde.

Ophira hatte allerdings noch lange nicht genug. Genüsslich ließ sie den Sturm anwachsen, und schließlich zauberte sie einen riesigen Blitz aus den dunklen Wolken, der neben dem Boot einschlug.

Nuray bebte vor Zorn.

»Wie kannst du das Surah nur antun?«, schrie sie und flog auf ihre Tante zu. Die Wachen, ihre ständigen Begleiter, konnten sie gerade noch festhalten, bevor sie sich auf Ophira stürzte.

Ophira ließ sich nicht beeindrucken. Sie trat ganz nah an Nuray heran und fixierte sie mit einem starren, gefährlichen Blick.

»Ich brauche deine Erlaubnis nicht«, sagte sie böse. »Es geht um unser Königreich und um deine Zukunft.« Kurzerhand winkte sie den Wachen. »Fesselt sie.«

Unbarmherzig schleppten die Wachen Nuray zu einer der Drachenstatuen und banden sie mit einer Leine ums Fußgelenk daran fest.

Piuh war inzwischen völlig schlapp. Willenlos hing er über der Reling und bekam die Gischt der wild wogenden Wellen ins

Gesicht. Das Unwetter aber nahm an Kraft immer noch zu.

»Das Boot ist nicht stabil genug für solch einen Sturm«, schrie Jaro. Selbst zusammen mit Sera konnte er das Ruder kaum noch halten, so sehr zerrten Wind und Wellen an ihm.

»Surah«, rief Sera verzweifelt. »Du weißt, was du zu tun hast.«

Natürlich wusste Surah, was Sera meinte. Sie musste Ophiras Sturmzauber mit ihrem eigenen bekämpfen. Aber das Vertrauen und die Gewissheit, die sie gestern Nacht noch verspürt hatte, schien angesichts Ophiras Macht wieder verschwunden. Zweifelnd betrachtete sie ihre Hände.

»Du kannst es«, rief Sera ihr zu.

Surah zögerte, doch allzu lange konnte sie nicht mehr warten, sonst würde das Boot auseinanderbrechen. Unweigerlich würden sie alle untergehen oder direkt in Ophiras Arme segeln. Schließlich fasste sie den Mut der Verzweiflung, konzentrierte sich und streckte ihre Hände aus. Die rosafarbenen Wirbel erschienen und tanzten ruhig auf ihren Handflächen.

»Haltet euch fest«, schrie sie in den Sturm. »Es geht los.« Sie richtete sich kerzengerade auf und schlug ihre Hände zusammen. Die Wirbel vereinigten sich mit einem lauten Knall zu einem einzigen breiten Strahl und schossen direkt hinauf in die Mitte der schwarzen Sturmwolke.

»Der Sturmzauber?«, rief Ophira auf ihrem Turm überrascht. Sie erkannte Surahs Zauber schon an der Farbe. Empört stemmte sie die Hände in die Hüften und schlug mit ihren großen dunklen Flügeln. »Denkt sie tatsächlich, sie könnte mich mit meiner eigenen Magie schlagen?« Sie schloss die Augen und breitete die Hände aus.

»Nein«, schrie Nuray entsetzt. Sie wusste genau, dass Ophira noch stärkere Stürme entfesseln konnte als den, der über dem kleinen Boot tobte. Doch ihre Fessel hielt sie zurück.

Ophira schlug ihre Hände zusammen, und augenblicklich schoss ein gewaltiger grün leuchtender Energiestrahl auf den Sturmzauber Surahs los. Surah sah ihn nicht kommen. Er traf sie mit voller Wucht. Ohnmächtig sank sie zu Boden.

»Surah«, rief Marween entsetzt. »Surah.«

»Oh nein.« Verzweifelt hielt Sera am Ruder aus. Jetzt schien alles verloren.

»Haltet euch fest«, schrie Jaro, als ein zweiter Blitzschlag von Ophira das kleine Boot durchschüttelte.

Die Wucht war zu groß. Alle wurden über Bord geschleudert. Das kleine Boot zerbrach in mehrere Teile. Das war das Ende. Kaum waren alle von Bord, verebbte der Sturm. Nur wenige Minuten später strahlte die Sonne am blauen Himmel, als hätte es nie ein Unwetter gegeben. Von Surah und den anderen war keine Spur zu sehen.

Eyela und die Elfen waren währenddessen unverdrossen auf dem Weg zum Sonnwendfels und hofften, ihn am nächsten Morgen zu erreichen. Weit in der Ferne konnten sie die dunkle Wolke sehen, die Richtung See zog.

»Das sieht nach Ophiras Werk aus«, sagte Feya beunruhigt, die an Eyelas Seite ritt.

»Meinst du, es geht Surah und den anderen gut?«, wandte sich Eyela besorgt an Falaroy.

Falaroy stoppte sein Pferd neben dem Eyelas. Beim Anblick der Sturmwolke war auch ihm alles andere als wohl.

»Es geht ihnen sicher gut«, sagte er, um sie zu beruhigen.

Doch plötzlich zog dichter Nebel auf, und innerhalb weniger Minuten konnte niemand mehr die eigene Hand vor Augen sehen.

Ängstlich und eingeschüchtert schnatterten die Elfen wild durcheinander. Wo kam denn auf einmal dieser Nebel her?

»Bestimmt wieder einer von Ophiras Tricks«, sagte Eyela ärgerlich.

»Ich kann meine eigene Hand nicht mehr sehen«, rief Falaroy. Das schien selbst ihn, den so schnell nichts beunruhigen konnte, aus der Fassung zu bringen.

Doch Eyela blieb besonnen.

»Elfen«, rief sie energisch in das Stimmengewirr der Elfen hinter sich. »Bleibt, wo ihr seid. Wenn ihr nur einen Schritt macht, werdet ihr für immer in diesem Nebel verloren sein.«

Die Elfen verstummten. Niemand bewegte sich. Alle blieben wie angewurzelt auf der Stelle stehen.

»Mist«, rief plötzlich jemand. »Meine Nase ...« Es war der Waldelfenkönig. Man konnte es an seiner schnarrenden Stimme erkennen. »Sie juckt wie verrückt.«

»Dann kratzt sie«, rief Eyela leicht genervt in den Nebel. »Aber bewegt euch nicht von der Stelle!«

»Also, um ehrlich zu sein«, kam es nach kurzer Zeit zurück. »Ich habe gewisse Schwierigkeiten, sie zu finden.« Nach einer kurzen Pause fuhr er fort: »Ah, da ist sie ja.«

»Das ist meine Nase, du Pfeife«, war gleich darauf die empörte Stimme des Königs der Regenbogenelfen zu vernehmen.

Eyela verdrehte die Augen. Diese Elfen ...

»Wisst Ihr, wir könnten einfach davonreiten«, sagte Falaroy leise und kicherte, als hätte er Eyelas Gedanken gelesen. »Sie würden uns nie mehr finden.«

»Führe mich nicht in Versuchung«, sagte Eyela und lächelte, was Falaroy natürlich nicht sehen konnte.

Plötzlich war ein lauter Schlag zu vernehmen. Er schien vom See her zu kommen. Niemand wusste, was passiert war, aber kurz danach lichtete sich der Nebel ebenso schnell, wie er gekommen war. Ophira hatte ihren Zauber aufgehoben.

»Was, um Himmels willen, war das?«, fragte Falaroy überrascht.

»Wir haben keine Zeit, darüber nachzudenken«, sagte Eyela energisch. »Wir müssen schnell von hier weg.« Sie wandte sich zu den anderen Elfen um. Der Waldelfenkönig hielt immer noch die Nase des Regenbogenkönigs fest. Er blickte sie überrascht an und ließ sie eilig los.

Eyela schüttelte den Kopf.

»Elfen«, rief sie laut. »Vorwärts. Ihr könnt euch wieder bewegen.« Damit trieb sie ihr Pferd an, und die Gesellschaft machte sich unter viel Geplapper wieder auf den Weg zum Sonnwendfels.

»Ach, bin ich froh. Endlich kann ich meine Nase kratzen«, rief der Waldelfenkönig erleichtert.

Wenn er gewusst hätte, wie es Surah und ihren Freunden auf dem großen See ergangen war, wäre das sicher seine geringste Sorge gewesen.

Gestrandet im Reich der Schattenelfen

Die untergehende Sonne tauchte eine abgelegene Bucht am großen See in goldenes Licht. Am Strand glänzte feiner weißer Sand, und die Wellen plätscherten leise ans Ufer. Viele Stunden waren vergangen, seit der Sturm sich verzogen hatte, und nur noch die zerschmetterten Wrackteile von Bilaras Boot in der Bucht zeugten von seiner zerstörerischen Kraft. Auch Surah und ihre Freunde waren an den Strand gespült worden. Ohnmächtig lagen sie im Sand.

Nach langer Zeit war ein Stöhnen zu hören. Jaro bewegte vorsichtig seine Flügel und richtete sich halb auf. Neben ihm lag Sera und etwas weiter oben die anderen. Als er die Stimme seines Herrn vernahm, schlug Lykos die Augen auf und blickte benommen um sich. Langsam kam auch Leben in die anderen. Piuh wälzte sich auf den Rücken. Lykos stupste Surah und Kuack mit der Nase an.

Das Heck von Bilaras Boot ragte aus dem Sand und spendete etwas Schatten. Die kleine Bucht war umschlossen von schroffen Felsen, auf denen merkwürdige große Blüten wuchsen. Jaro wusste genau, wo sie waren.

»Geht es allen gut?«, fragte er erschöpft.

Marween schlug die Augen auf und bewegte ihre Flügel. Es schien alles in Ordnung zu sein. Sie krabbelte hinüber zu Nugur. Er war genauso erschöpft wie sie, aber ansonsten fehlte ihm nichts.

»Wo sind wir?«, fragte Surah und blickte um sich. Dass sie diesen Sturm überlebt hatten, schien wie ein kleines Wunder.

»Tja«, sagte Jaro und half Sera auf die Beine. »Ich habe gute und schlechte Neuigkeiten. Die gute Neuigkeit: Wir sind alle okay. Die schlechte Neuigkeit: Unser Boot ist zerstört, und wir sind im Schattenelfenreich. Weit weg vom Drachengipfel und ...«

»... Ophira weiß, dass wir hier sind«, führte Sera seinen Satz zu Ende.

Hoch über ihnen in einem Baum auf den Klippen saß Munyn mit seiner Rabenschar. Neugierig starrten sie zu den Schiffbrüchigen hinunter. Verzweifelt sank Sera auf die Knie. Völlig abseits ihrer Route und angesichts der Wrackteile von Bilaras Boot verlor sie alle Hoffnung. Die Situation schien wirklich ausweglos.

Den anderen ging es nicht viel besser.

»Wir sitzen in der Falle.« Surah ließ den Kopf hängen.

»So funktioniert der Sturmzauber, Surah«, sagte Ophira selbstgefällig, die durch Munyns Augen alles beobachtete. »So und nicht anders. Mein Reich, meine Regeln ... Hier regiere ich. Munyn«, rief sie. »Sorge dafür, dass sie nirgendwo anders hingehen als zu mir.«

Auf seinem Baum krächzte Munyn laut, zum Zeichen, dass er verstanden hatte. Er war fest entschlossen, Surah und ihre Freunde nicht noch einmal aus den Augen zu verlieren.

Die Nacht war hereingebrochen. Jaro hatte im Schutz des Wracks ein kleines Feuer am Strand entzündet, um das sich alle scharten. Munyn und seine Raben saßen im blassen Mondlicht weiter still auf ihrem kahlen Baum hoch über den Köpfen von Surah und ihren Freunden.

»Ophira hat es unmöglich für uns gemacht, Nugur zum Drachengipfel zu bringen«, meinte Sera und blickte trübsinnig ins Feuer.

»Munyn und seine Raben werden uns nur erlauben, dorthin zu gehen, wo Ophira uns haben will.«, ergänzte Jaro düster.

»Es ist alles aus.« Sera schniefte traurig und blickte jämmerlich in die Runde. »Wir sind verloren.« Sie war von tiefer Hoffnungslosigkeit erfüllt. Dabei waren sie doch so nahe daran gewesen, *bayala* zu retten und von Ophiras Macht zu befreien. Oder war das alles nur ein Trugschluss? Hatte Ophira die ganze Zeit nur mit ihnen gespielt?

»Nein«, rief Marween und schüttelte den Kopf. »Können wir nicht irgendetwas unternehmen?« Sie wollte einfach nicht wahrhaben, dass alles aus war. »Bitte ... Wird Nugur jetzt niemals seine Mutter und seinen Vater zu Gesicht bekommen?«

Nugur hob den Kopf, als er seinen Namen hörte. Doch auch seine Abenteuerlust schien nach dem Schiffbruch verschwunden zu sein. Müde lag er im Sand neben Lykos, Piuh und Kuack, die ebenso traurig aus der Wäsche schauten wie Sera.

Eine ganze Weile sagte niemand etwas. Es war wirklich ein mitleiderregendes Häufchen dort am Strand, schiffbrüchig und weit entfernt vom Drachengipfel. Doch plötzlich richtete Surah sich auf.

»Es gibt vielleicht einen Weg«, sagte sie nachdenklich und stocherte mit einem Ast im Feuer, dass die Funken stoben. »Aber das wird gefährlich.« Sie schien als Einzige noch die Kraft zum Kämpfen zu haben. »Um Nuray aus Ophiras Klauen zu bekommen, brauchen wir so viele Helfer wie möglich.«

Die anderen sahen überrascht auf. Sollte doch noch nicht alles verloren sein?

»Und ... Marween müsste Nugur allein zum Drachengipfel bringen«, fuhr Surah fort.

Sera runzelte die Stirn.

»Surah, das kann doch nicht dein Ernst sein«, rief sie und schüttelte den Kopf. »Der Drachengipfel ist nach diesem Tag doppelt so weit entfernt wie vorher.«

»Und Marween ist nur ein Kind«, gab Jaro zu bedenken.

Surah nickte und ließ den Kopf hängen. Gerade eben noch hatte sie eine kleine Chance gewittert, einen Funken Hoffnung gehabt ... Doch jetzt ...

»Ihr habt recht«, sagte sie düster. »Vergesst einfach, was ich –«

»Ich bin nicht nur ein Kind«, fiel ihr Marween empört ins Wort und sprang auf. Überrascht starrten sie Piuh, Lykos und Nugur mit seinen auf die Eierschale gemalten Augen an.

»Bilara hat es gesagt«, fuhr Marween fort und stemmte entschlossen die Hände in die Hüften. »Ich bin eine besondere Elfe. Keiner von euch kann Drachen verstehen. Ich bin die Einzige.« Sie blickte Surah an. »Du warst so alt wie ich, als du Ophira entkommen bist. Das war viel gefährlicher, als zum Drachengipfel zu gehen.« Marween holte tief Luft. »Das ist auch meine Welt. Und ich bin hier, um sie zu retten.«

Die anderen blickten sich erstaunt an. Doch als Marween mit ihrer Ansprache fertig war, erschrak sie. Sie hatte ihre Freunde nicht beleidigen wollen. War sie zu vorlaut gewesen? Hatte sie übertrieben?

Über Surahs Gesicht glitt ein Lächeln.

»Das ist ein Standpunkt«, sagte sie schließlich schlicht. »Wo sie recht hat, hat sie recht.«

Sera und Jaro schmunzelten. Sie zuckten mit den Achseln und stimmten zu. Da gab es eigentlich nicht mehr viel hinzuzufügen. Was hatten sie schon zu verlieren? Viel schlimmer konnte ihre Situation nicht werden.

»Wie bitte?«, sagte Marween. Hatte sie sich etwa verhört, oder waren die anderen tatsächlich einverstanden? Damit hatte sie am allerwenigsten gerechnet.

Sera und Jaro nahmen Surahs vorher begonnenen Plan ohne

Weiteres wieder auf. Die Sache war abgemacht. Marween konnte ihr Glück kaum fassen, auch wenn sich ihre Lage bisher kein Stück verbessert hatte. Die anderen nahmen sie tatsächlich ernst ...

»Wir haben allerdings eine Sache nicht bedacht«, sagte Sera und blickte über ihre Schulter nach oben zu dem kahlen Baum. »Die Raben.«

»Ich habe sie nicht vergessen.« Surah stocherte wieder mit ihrem Ast im Feuer und drehte ihn langsam, bis die Spitze zu glühen anfing. »Wir brauchen ein Ablenkungsmanöver.« Sie nahm den Ast heraus und pustete auf die Glut. Rote Funken sprühten durch die Nacht.

»Du«, sagte sie plötzlich laut und fasste Kuack ins Auge, der es sich auf ihrer Schulter bequem gemacht hatte.

Erschrocken krächzte er auf. Was sollte das heißen? Er war ja für jeden Unsinn zu haben, aber der Mutigste war Kuack ganz sicher nicht. Ängstlich verbarg er seinen Kopf unter Surahs Zöpfen. Was immer sie vorhatte, bestimmt gab es jemand anderen, der besser geeignet war als er. Lykos ... Piuh ... Oder vielleicht Nugur?

Es half alles nichts. Er war der einzige Vogel in der Runde, und nur er konnte sich unter die Raben mischen, ohne entdeckt zu werden. Zumindest hoffte Surah darauf, nachdem sie ihn ihrer Spezialbehandlung unterzogen hatte.

Sie ließ den glühenden Ast abkühlen und färbte mit der Kohle Kuacks grünes Gefieder schwarz. Mit etwas gutem Willen konnte er zumindest in der Dunkelheit als Rabe durchgehen. Etwas gerupft vielleicht, aber immerhin ... Wenn Surahs Plan aufging, dann könnte er für die nötige Ablenkung sorgen und den anderen die Flucht ermöglichen. Unsicher betrachtete Kuack seine Flügel.

»Du bist mein tapferer Vogel«, sagte Surah sanft, nachdem sie fertig war. »Es gibt keinen anderen Vogel, der das tun könnte.«

Kuack fühlte sich geschmeichelt. Doch wenn er an die bevorstehende Aufgabe dachte, wurde ihm gleich wieder ganz anders.

»Das ist die letzte meiner Feuerrosen«, sagte Sera und steckte sie Kuack unter den Flügel. »Lass sie nicht fallen, bevor wir das Signal geben.«

»Krah«, machte Kuack kleinlaut und schluckte. So viel Verantwortung auf seinen schmalen Schultern, musste das wirklich sein? Doch Sera hatte noch eine Überraschung für ihn.

»Hier, Kuack«, sagte sie und beugte sich zu ihm. »Dieses Kraut wird dich schneller, mutiger und stärker machen als alle Raben der Welt.« Sie hielt ihm zwei harmlos aussehende Halme vor den Schnabel.

Kuack blickte sie misstrauisch an. War das wirklich wahr? Allerdings kannte sich Sera mit Blumen und Kräutern aus wie keine Zweite. Wenn sie das sagte ... Es konnte auf jeden Fall nicht schaden. Kurz entschlossen schnappte er die Halme und schluckte sie hinunter. Dann wartete er kurz. Keine Wirkung. Oder? Vielleicht musste er ja ein paar Minuten warten, bis das Kraut wirkte ... War da nicht etwas? Kuack spürte es, ganz langsam. Sein Herz schlug ruhiger, er war plötzlich zuversichtlicher. Die Raben würden ihn schon nicht in der Luft zerfetzen, wenn er sich zu ihnen gesellte ... Ja, Seras Halme besaßen Wunderkraft, da war er ganz sicher.

»Schnell jetzt«, sagte Jaro. »Wir müssen das durchziehen, bevor der Morgen graut. Kuack braucht den Schutz der Dunkelheit, um sich unter die Raben zu mischen.«

Da war was dran. Bei vollem Tageslicht würde Kuack trotz seiner schwarz bemalten Federn kaum als Rabe durchgehen.

»Lass uns mal dein Krächzen hören«, sagte Surah aufmunternd.

Kuack räusperte sich. Dann stieß er voller Inbrunst einen lauten Krächzer aus, der sich hören lassen konnte.

»Perfekt.« Surah lächelte zufrieden.

Kuack atmete noch einmal tief durch und flatterte los. Um nicht aufzufallen, schlich er sich aus dem Schein des Feuers und versteckte sich hinter einem Stein am Ufer. Von dort hüpfte er verstohlen hinter einen Felsen, flatterte in der Dunkelheit hinüber zur Steilküste und schwang sich, verborgen vor dem hellen Mondlicht, hinauf zu dem kahlen Baum, auf dem die Raben lagerten.

Die anderen blickten ihm hinterher. Alle Hoffnungen lagen jetzt auf dem kleinen Kuack. Surahs Plan konnte nur funktionieren, wenn er seine Aufgabe erfüllte und die Raben ablenkte.

»Hast du noch mehr von diesem Stärker-Schneller-Mutiger-Kraut, das du Kuack gegeben hast?«, fragte Jaro, während er dem Papagei nachblickte. Bei dem, was vor ihnen lag, hätte auch er nichts gegen ein bisschen davon einzuwenden.

»Sicher.« Sera zupfte einen Grashalm aus dem Sand. »Es wächst überall.« Sie grinste schelmisch. »Das ist ganz gewöhnliches Gras. Kuack hatte nur ein bisschen Aufmunterung nötig.«

Jaro schmunzelte. Er hatte es schon immer geahnt. Hinter Seras nettem und sanftmütigem Äußeren steckte ein sehr schlaues Mädchen.

Kuack hatte sich inzwischen bis zu dem kahlen Baum aufgeschwungen und landete ohne Weiteres auf einem Ast zwischen zwei großen Raben, die unwirsch zur Seite wichen, um ihm Platz zu machen. Misstrauisch musterten sie den kleinen, etwas zerzausten Vogel neben sich. Dieser Rabe kam ihnen ein bisschen merkwürdig vor. Doch Kuack spürte den Mut von mindestens zwei Papageien in sich. Er blickte frech zurück, vom einen zum anderen. Dann warf er sich in Pose und stieß zwei weithin vernehmliche Krächzer aus. Das schien zumindest seine Nachbarn zu überzeugen. Sie traten von einem Fuß auf den anderen und machten es sich auf dem Ast wieder gemütlich, ohne sich weiter um Kuack zu kümmern. Offenbar war er in die Bande des bösen Munyn aufgenommen.

Erleichtert überprüfte er noch einmal, ob sich Seras Feuerrose unter seinem Flügel befand und wartete auf ihr Zeichen. Dann würden die Raben ihr blaues Wunder erleben ...

Ein riskantes Unterfangen

Die Raben schliefen tief und fest. Noch war es Nacht, doch schon bald würde der erste Strahl der Morgensonne die kleine Bucht erreichen, in der Surah und ihre Freunde gestrandet waren. Darauf warteten sie im Schatten des Bootswracks ungeduldig. Denn erst wenn die Sonne Marweens und Seras Flügel berührte, konnten die beiden wieder fliegen.

Kuack saß zwischen den Raben wie auf Kohlen. Für ihn war die Sonne gefährlich, denn je heller es wurde, desto eher würden die Raben ihn als verkleideten Papagei entlarven. Surahs Plan musste also auf die Sekunde genau funktionieren.

Langsam setzte die Dämmerung ein. Ein einzelner Sonnenstrahl hatte sich schon in die Bucht gestohlen und tastete sich am Strand weiter vor. Als er schließlich auf Höhe von Marween und Sera angekommen war, eilten sie aus dem Schatten des Wracks und bewegten ihre Flügel in den Sonnenstrahlen. Ein milder Schimmer glitt über sie. Die beiden nickten Surah zu. Es war hell genug, sie konnten wieder fliegen.

Surah wandte sich zu Lykos. Höchste Zeit, Kuack das Zeichen zu geben ...

Lykos streckte die Schnauze in die Luft und stieß ein weit vernehmliches Wolfsgeheul aus. Kuack zuckte erschrocken zusammen. Es war so weit. Er linste kurz nach links und rechts, aber niemand hatte bei Lykos' Heulen Verdacht geschöpft. Um ihn herum schlief noch alles. Still und heimlich zog Kuack mit dem Schnabel Seras Feuerrose unter seinem Flügel hervor und ließ sie nach unten fallen. Bei ihrem Aufprall setzte sie die knochentrockenen Wurzeln des

Baums sofort in Brand, und bald fingen auch die unteren Äste Feuer.

Die Raben schreckten aus dem Schlaf und ergriffen in wilder Panik die Flucht. Unter viel Gekrächze und Gezeter flatterten sie durch die Rauchwolken und wussten gar nicht, wie ihnen geschah.

Das war das Startsignal. Surah band Nugur mit einer Leine des Boots an Marween fest und drückte sie ihr in die Hand. Piuh kletterte auf ihren Rücken.

»Wir treffen uns beim Fest«, rief Marween und flatterte schwer beladen davon. Innerhalb kürzester Zeit war sie hinter den Felsen der Steilküste verschwunden.

Surah und die anderen schlugen die entgegengesetzte Richtung ein. Sie rannten und flogen durch ein schmales Tal, den einzigen Zugang zur Bucht vom Festland aus, so schnell sie ihre Füße und Flügel trugen. Bevor die Raben in ihrer Aufregung etwas bemerkten, waren alle verschwunden.

Doch Ophira ahnte, dass unten am See etwas schieflief. Weit entfernt auf ihrem Turm hatte sie die dünne Rauchsäule des Feuers entdeckt und sah die Raben in wilder Unordnung am Himmel kreisen.

»Munyn«, rief sie energisch. »Hört sofort auf damit. Ich kann Surah nicht mehr sehen.«

Der Rabe, der bisher mit den anderen über dem brennenden Baum gekreist war, hielt inne. Sein Blick wanderte forschend zwischen den Raben umher. Inzwischen war die Sonne ganz aufgegangen, und er brauchte nicht lange, um Kuack auszumachen, der zwischen den anderen Raben umherflatterte, um so noch mehr Verwirrung zu stiften. Die schwarze Farbe war an manchen Stellen bereits abgegangen, und unter der Kohle schimmerten seine Federn grün.

Kuack war Munyns einziger Anhaltspunkt. Erbost stürzte er sich auf den Papagei. Kuack suchte sein Heil in wilder Flucht, doch

Munyn war schneller als er. Es war nur eine Frage der Zeit, bis er Kuack erwischen würde. Kuack dachte schon, sein letztes Stündlein hätte geschlagen, als von völlig unerwarteter Seite Rettung kam.

»Munyn«, befahl Ophira ärgerlich. Was interessierte sie schon dieser Vogel? »Such sofort nach Surah. Finde sie.«

Sosehr sich Munyn auch ärgern mochte: Er ließ von Kuack ab und flog zurück zu seinen Raben. Zusammen machten sie sich auf die Suche nach Surah und den anderen.

»Krahh.« Kuack stieß einen erleichterten Seufzer aus und sah der Rabenschar zufrieden hinterher. Er hatte seinen Auftrag erledigt.

Durch die Verwirrung, die Kuack unter den Raben gestiftet hatte, waren Marween und die anderen unbemerkt entkommen. Während sich Surah, Jaro und Sera auf den Weg ins Schattenelfenschloss machten, flatterte Marween schwer beladen mit Nugur und Piuh in Richtung des Drachengipfels. Weit entfernt konnte sie den Turm der Schattenelfenkönigin im Morgenlicht glänzen sehen.

Mit Mühe flog Marween die Steilküste entlang und schaffte es schließlich, auf eine Hochebene zu gelangen. Vor ihr lag eine bunte Blumenwiese und dahinter eine schneebedeckte Gebirgskette, aus der als höchster Berg majestätisch der Drachengipfel ragte. Doch bis dahin war es noch ein weiter Weg. Marween hatte das Gefühl, schon jetzt am Ende ihrer Kräfte zu sein.

»Uff«, stöhnte sie und flatterte über der Wiese auf und ab. »Bei meinen Flügeln. Du bist bestimmt das schwerste Baby der Welt.« Sie hielt Nugur mit beiden Händen fest. Doch mit jedem Flügelschlag kam er ihr schwerer vor und entglitt langsam ihren Händen.

Schließlich musste sie ihn loslassen. Wie ein Stein stürzte Nugur in die Tiefe. Nur gut, dass Surah ihn an Marween angebunden hatte.

Doch als die Leine sich spannte, wurde sie einfach mitgerissen, und jetzt drohten alle drei, abzustürzen. Marween stieß einen entsetzten Schrei aus und schloss die Augen, während Piuh sich gerade noch an ihrem Fuß festklammern konnte. Sie machte sich schon auf eine äußerst unsanfte Landung gefasst, als Nugurs Gewicht plötzlich weg war. Marween gewann wieder an Höhe. Erstaunt öffnete sie die Augen und konnte kaum glauben, was sie sah: Nugur hatte seine kleinen bunten Flügel ausgebreitet und flatterte fröhlich neben ihr her an der Leine. Nur mit der Richtung hatte er noch seine Probleme, aber das war ja nicht weiter verwunderlich. Schließlich bedeckte die Eierschale immer noch seine Augen.

Marween lachte fröhlich. Auf einmal war sie wieder ganz zuversichtlich, den Drachengipfel rechtzeitig zu erreichen.

»Hee«, rief sie Nugur zu. »Warum hast du mir nicht gesagt, dass du schon fliegen kannst?« Das hätte ihr viel Plackerei erspart.

»Lass keinen Winkel aus.«

Munyn war mit seiner Rabenschar auf Ophiras Befehl hin zurück zu der kleinen Bucht geflogen. Sie landeten auf den Wrackteilen des Boots und suchten alles nach Spuren ab.

»Kräh«, machte Munyn. Der einzige Weg aus der Bucht, den er entdecken konnte, war das schmale Tal, durch das Surah, Sera und Jaro geflohen waren.

Ophira dachte nach.

»Warum verstecken sie sich vor mir?«, murmelte sie. »Planen sie vielleicht, unbemerkt ins Schloss einzudringen?« Plötzlich kam ihr ein Gedanke. Sie wandte sich zu Nuray um, die zwischen den Drachenstatuen gefesselt am Boden saß, und wies mit spitzem Finger auf sie. »Wollen sie vielleicht dich holen?«

Ophira lachte böse.

»Mich holen?« Nuray sah ihre Tante unschuldig an. »Wie kommst du denn darauf?«

Mit zwei Flügelschlägen war Ophira bei ihrer Nichte.

»Du und Surah, ihr konntet mich noch nie täuschen«, sagte sie. »Warum sollten sie meinetwegen kommen, wenn sie dich haben können?« Und bei sich murmelte sie: »Eine Prinzessin und ein Drachenfest, was für eine schöne Idee.« Sie flog zurück zur Brüstung. »Das hätte auch von mir sein können.«

Ophira hauchte leicht in ihre Hand, und ein giftgrüner Wirbel entstand. Was zunächst aussah wie ein Sturmzauber, war bei näherer Betrachtung eine Art Schattenwolke, die schnell anwuchs. Sie bewegte sich wie eine Girlande im Wind durch die Luft, wirbelte um die Wachen und Nuray herum, um dann aufmerksam vor Ophira stillzuhalten. Die Königin der Schattenelfen hatte schließlich nicht nur Munyn als Gehilfen. Sie gebot auch noch über andere Wesen der Dunkelheit. Der Schatten schien ihr in diesem Fall zuverlässiger als die Raben, die schon einmal versagt hatten.

»Schatten«, sagte Ophira beinahe freundlich. »Bring meine Nachricht zu Surah.«

Wie der Blitz zischte die grüne Nebelschwade durch die Luft, hinunter in den Schattenelfenwald, in dem Surah, Sera und Jaro irgendwo unterwegs sein mussten.

Spätestens jetzt war Nuray klar: Sie musste handeln, wenn sie ihren Freunden helfen wollte. Sie hatte lange genug hier herumgesessen. Während die Wachen von Ophiras Schattenzauber abgelenkt waren, nahm sie heimlich ihr goldenes Mondhalsband ab. Irgendwie musste sie ihre Fesseln lösen. Vielleicht ließ sich der Verschluss des festen Bands, das die Wachen ihr ums Fußgelenk gelegt hatten, mit der gezackten Mondsichel ihres Halsbands lösen. Doch sie musste vorsichtig sein ... Ophiras Augen waren überall.

Surah, Sera und Jaro flogen in höchstem Tempo durch den Schattenelfenwald. Unter ihnen rannte Lykos wie der Wind über den weichen Waldboden, und neben ihnen flatterte Kuack. Er hatte sie bald nach seiner Flucht vor Munyn eingeholt.

Überall blühten große Blumen mit schweren dunklen und violetten Blüten, doch sie hatten kein Auge dafür. Sie mussten so schnell wie möglich zum Schattenelfenschloss, um Nuray zu befreien. Die Stunde der Sonnwende rückte unaufhaltsam näher.

Noch ahnten sie nicht, dass Ophira ihre Pläne durchschaut hatte. Im Gegenteil: Nachdem sie Munyn und seine Raben abgeschüttelt hatten, waren sie guter Hoffnung, doch noch zum Ziel zu kommen und den Sonnwendfels mitsamt Nuray rechtzeitig zu erreichen. Surah zwinkerte Kuack aufmunternd zu und hob ihren Daumen. Er hatte seine Sache wirklich prima gemacht. Kuack krächzte leise und wäre vor Stolz fast gegen den nächsten Baum geflogen.

Doch weit kamen sie nicht: Nur wenige Minuten später wurden sie von einem seltsamen Wesen aufgehalten. Was war das? Surah bekam große Augen und hielt an. Auch die anderen stoppten verwundert. Eine seltsame Rauchschwade schoss direkt auf sie zu.

Es war der von Ophira ausgesandte Schatten. Schwankend und zitternd wie ein Irrlicht umkreiste er Surah und ihre Freunde. Er machte vor ihr halt und kitzelte sie am Kinn. Surah schlug ärgerlich nach dem Ding, aber da wirbelte es schon wieder auf und davon und schwirrte um sie herum. Der Schatten war einfach nicht greifbar.

»Hallo, Surah. Meine Güte, bist du groß geworden«, sprach Ophira durch ihn.

Auch Lykos versuchte, den Schatten zu fangen, doch er schnappte mit seinem großen Maul nur ins Leere.

»Bist du eine Sonnenelfe?«, fragte Ophira böse. Der Schatten sprang zwischen Surah, Sera und Jaro herum, als würde er sie auslachen. »Oder eine Schattenelfe? Schwer zu sagen mit diesen Flügeln.«

Surah zog ein wütendes Gesicht.

Der Schatten fuhr mit Ophiras Stimme fort. »Reden wir mal übers Geschäft: Wie wäre es mit einem Tausch? Nuray gegen deinen Drachen?«

Surah erschrak. Wie hatte Ophira ihren Plan nur herausbekommen? Woher wusste sie, dass sie zusammen mit Sera und Jaro vorhatte, Nuray zu befreien?

Kaum hatte der Schatten ausgesprochen, fuhr er zwischen die drei und verpuffte zu einer grünen Wolke. Surah, Sera und Jaro duckten sich und mussten husten, doch weiter geschah nichts. Nachdem der Schatten sich verzogen hatte, atmeten alle drei tief durch.

»Das können wir doch nicht machen«, meinte Sera, als sie sich vom ersten Schrecken erholt hatte.

»Nicht einmal, wenn wir wollten«, warf Jaro ein. »Wir haben Nugur ja gar nicht mehr.«

Surah presste die Lippen aufeinander und dachte nach. Auf einmal glitt ein Lächeln über ihr Gesicht. Sie kitzelte Kuack am Bauch, der auf ihrem Arm gelandet war.

»Das weiß Ophira aber nicht«, sagte sie listig.

Sera und Jaro blickten sich verdutzt an. Das klang ja so, als hätte Surah wieder einen Plan …

Unverdrossen war auch Marween auf dem Weg zum Drachengipfel. Jetzt, wo Nugur selbst flog und sie ihn nicht mehr tragen musste, war ihr Ziel in greifbare Nähe gerückt. Allerdings hatte Marween nicht mit dem Wetter gerechnet. Zuerst war es nur ein bisschen kühler geworden. Doch dann ließen sie die Wiesen und Blumen hinter sich und flogen immer höher über kahle Felsen und Geröll. Der Wind nahm stetig zu, sodass Marween irgendwann landen und zu Fuß weitergehen musste, sonst hätte sie der Wind glatt davongeweht. Nugur dagegen flatterte tapfer weiter über ihr. Ihm schienen der Wind und die Kälte weniger auszumachen. Kein Wunder, er war ja auch keine Sonnenelfe ...

Aber dann kam der Schnee. Anfangs fielen nur einige weiße Flocken herab, doch je näher sie dem Gipfel kamen, desto stärker begann es zu schneien, und schließlich wurde daraus ein ausgewachsener Schneesturm. Marween biss die Zähne zusammen. Sie hielt Piuh im Arm und stapfte mühsam voran. Mal zog Marween Nugur und mal zog Nugur Marween mit sich.

»Ich kann das ... Ich kann das schaffen«, murmelte Marween immer wieder vor sich hin. Doch der Sturm nahm an Kraft stetig zu. Sie konnte kaum noch die Hand vor Augen sehen.

»Ich weiß, ich kann es ... Uuuuaaaahhh.« Plötzlich war Marween weg, eingebrochen in eine riesige Schneewehe. Nugur hing an seiner Leine und flatterte wie wild über dem Loch, in dem Marween mit Piuh verschwunden war. Wenn er auch noch hineingezogen würde, dann wären sie hoffnungslos verloren. Mit aller Kraft stemmte er sich gegen den Zug der Leine, fauchte gegen den Wind an und versuchte, Marween und Piuh aus dem Schneeloch zu ziehen. Doch der Wind war stark, und er war nur ein kleiner Drache ... Der Wind blies ihn beinahe rückwärts den Berg hinunter.

»Uaah«, fauchte er und flatterte wild umher. Es sah schon so aus, als sei alles verloren, als der böige Wind kurz nachließ und Nugur sich wieder fangen konnte. Mit letzter Kraft zog er immer wieder an der Leine. Auf einmal machte es plopp, und Marween rutschte wieder aus dem Schneeloch an die Oberfläche.

Benommen blieb sie einen Moment im wilden Schneetreiben liegen.

Nugur fauchte leise, und Marween erwachte. Sie wusste, dass sie hier nicht lange liegen bleiben durfte. Wenn sie vor Erschöpfung einschlief, gäbe es keine Rettung mehr. Mühsam zog sie Nugur an der Leine zu sich.

»Keine Angst«, sagte sie mit vor Kälte zitternder Stimme und nahm ihn in den Arm. »Ich bin okay. Wir werden das schaffen.«

Auf einmal schrak sie auf.

»Piuh …« Ängstlich blickte sie sich um. Von Piuh war weit und breit nichts zu sehen. Er musste noch in dem Schneeloch stecken. Vorsichtig krabbelte Marween auf allen vieren zurück und zog Piuh nach kurzer Suche aus dem Schnee. Der kleine Waschbär war vollkommen steif gefroren. Er konnte nur noch seine Augen bewegen. Sie brauchten dringend Schutz vor dem Sturm, sonst würde die Sache vielleicht noch böse enden.

Marween richtete sich auf und versuchte, das Schneegestöber mit ihren Blicken zu durchdringen. Wenn sie sich nicht täuschte, dann war da etwas. War das der Drachengipfel? Weit konnte es nicht mehr sein. Auf jeden Fall besserte sich das Wetter langsam: im grauweißen Schneehimmel erschienen ab und zu ein paar blaue Flecken.

Marween griff in ihre Tasche und zog eine kleine Feder heraus. Wenn sie Hilfe nötig hatte, dann jetzt. Surah konnte ihr zwar nicht wirklich helfen. Aber schon der Anblick der Feder aus Surahs Flügel, die sie vor ihrem Aufbruch aus Soleyas heimlich eingesteckt hatte, gab Marween neuen Mut. Entschlossen steckte sie sich die Feder ins Haar.

»Wie auch immer«, seufzte sie. »Wir werden dich zu deinen Eltern bringen. Ganz sicher.« Damit setzte sie unverdrossen den Weg durch die Eis- und Schneewüste fort.

Wiedervereinigung auf dem Drachengipfel

Bilara und das Einhorn trafen als Erste auf dem Sonnwendfels ein. Die Magierin trat auf die weite Plattform, auf der traditionell die ankommenden Drachen begrüßt wurden. Sie war schon lange nicht mehr hier gewesen und blickte nachdenklich über den großen See.

Die Plattform war aus der Spitze einer Felssäule geschlagen worden, die tief unten im Wasser fußte. Nur eine schmale steinerne Brücke führte von der Steilküste herüber. Seit Bilara sich erinnern konnte, waren hier alle Drachenfeste abgehalten worden. Wehmütig dachte sie an die längst vergangenen Feste, bei denen sich ganz *bayala* getroffen hatte. Bunte, ausgelassene Feiern, auf denen gesungen, getanzt und gegessen wurde. Und auf denen sich die Drachen und die Elfen jedes Jahr aufs Neue Frieden und Einigkeit gelobten ... Bis Ophira die Dracheneier gestohlen und Surah entführt hatte.

Bilara hatte kein gutes Gefühl, was Ophira betraf. Sie würde sich nicht so einfach geschlagen geben, wenn Surah versuchte, Nuray aus ihren Klauen zu befreien. Sie wusste jetzt von Nugur, dem Babydrachen, mit dessen Hilfe sich der Pakt zwischen Drachen und Elfen vielleicht wieder erneuern ließe.

Ein Geräusch riss sie aus ihren düsteren Gedanken. Als sie sich umdrehte, glitt ein Lächeln über ihr Gesicht. An der Brücke zur Plattform hatten sich alle Elfenstämme versammelt. Eyela hatte sie wirklich alle zusammengetrommelt. Alle, bis auf die Schattenelfen, versteht sich.

»Wir sind angekommen«, rief Falaroy ihr feierlich zu.

»Willkommen«, erwiderte Bilara würdevoll und schritt hinüber zu den Elfen. Das Einhorn folgte ihr.

Eyela sprang vom Pferd.

»Magus Bilara«, rief sie und rannte ihr entgegen wie ein kleines Kind. Für einen Moment war all ihre Königswürde vergessen. Wie lange schon hatte sie die Magierin nicht mehr gesehen.

Auch Bilara freute sich und umarmte sie herzlich.

»Was machst du denn hier?«, fragte Eyela.

»Ich bin gekommen, um dir zu helfen, Kind«, sagte Bilara einfach. »Wir haben keine Zeit zu verlieren. Wir müssen das Drachenfest vorbereiten.«

»Ihr habt es gehört«, rief Falaroy laut. »Auf geht's.«

Das ließen sich die Elfen nicht zweimal sagen. Die Anwesenheit Bilaras gab ihnen neuen Mut und Kraft nach der anstrengenden Reise. Voller Eifer packten auch die Eiselfenkönigin, der Waldelfenkönig und der König der Regenbogenelfen beim Abladen der Wagen an. Unter fröhlichem Stimmengewirr begannen die Vorbereitungen fürs Drachenfest.

»Fantastisch«, rief der Waldelfenkönig und nahm einen großen Krug vom Boden auf. »So gut habe ich mich seit Jahren nicht mehr gefühlt. Ihr wisst schon ... Irgendwie wichtig.«

»Ich muss zugeben: Wir hatten ganz vergessen, wie man sich gegenseitig hilft«, erwiderte die Eiselfenkönigin.

»Dann lasst uns so weitermachen«, meinte der König der Regenbogenelfen zufrieden. »Zusammen für *bayala*.«

»Hmm«, zwinkerte die Eiselfenkönigin dem Waldelfenkönig schelmisch zu. Wie auf Kommando luden sie beide die schweren Gefäße dem Regenbogenelfenkönig auf.

»Uff«, grummelte der ärgerlich. So hatte er sich das mit dem Zusammenhalt aber nicht vorgestellt.

Doch die Eiselfenkönigin und der Waldelfenkönig hatten sich nur einen kleinen Scherz erlaubt. Es gab schließlich genug zu tun. Jeder griff sich eine andere Kiste, und gemeinsam machten sie sich auf den Weg zum Festplatz.

Ob das Drachenfest überhaupt stattfinden konnte, lag allerdings vor allem in den Händen von Marween und Nugur, und die kämpften sich noch immer durch den Schnee zum Drachengipfel. Doch auch ohne Surah, Sera und Jaro hätte der ganze Aufwand keinen Sinn.

Surah und die anderen hatten sich entschlossen, zum Schein auf Ophiras Vorschlag einzugehen. Sie höhlten eine große Nuss aus und tarnten sie als Drachenei. Kuack sollte hineinschlüpfen und in einem günstigen Moment für Ablenkung sorgen. So wollte Surah vortäuschen, Nugur tatsächlich gegen Nuray auszutauschen. Es war kein Spitzenplan, aber was blieb ihnen anderes übrig?

Widerstandslos ließen sie sich vor dem Schloss von den Wachen festnehmen. Sie wurden schwer bewacht die Treppe zu Ophiras Turm hinaufgeführt. Nuray traute ihren Augen nicht, als sie Surah, Sera und Jaro zwischen den Wachen erblickte.

»Surah«, rief sie entsetzt. »Du weißt doch genau, du kannst ihr nicht trauen.« Wie hatte Surah sich nur auf dieses Spiel einlassen können?

Der Zugang zur Treppe schloss sich wie von Zauberhand, und Ophira flog mit einem einzigen Schlag ihrer großen Flügel zu Surah hinüber, die das vermeintliche Drachenei in den Händen hielt. Sie sah sich am Ziel ihrer Träume.

»Hier sind wir«, sagte Surah mit fester Stimme und blickte ihr in die Augen. »Jetzt halte du dein Versprechen.«

Ophira lächelte verschlagen.

»Du hättest auf deine kleine, süße Nuray hören sollen«, sagte sie boshaft und schnippte mit dem Finger. »Wachen ...«

Augenblicklich packten die Wachen Sera, Jaro und Lykos. Die drei starrten Ophira grimmig an. Wie hatten sie auch nur einen Moment denken können, dass sie sich an ihre Abmachung halten würde.

»Gib mir das Drachenei«, befahl Ophira. »Möglicherweise lasse ich dich dann am Leben.«

Surah schluckte. Ophira war mit den Jahren noch finsterer und bösartiger geworden. Doch sie dachte nicht daran, so leicht aufzugeben, und fasste sich ein Herz.

»Schließ dich uns an, Ophira«, sagte sie mit fester Stimme und trat auf sie zu. »*bayala* kann wieder eins werden. Und die Magie wird zu uns allen zurückkehren.«

»Zu uns allen?« Ophira warf ihr einen geringschätzigen Blick zu. »Du bist der Magie doch gar nicht würdig.« Ihre Stimme klang verbittert, unbarmherzig und böse. »Ich habe die Magie mein Leben lang studiert, hier im Schattenreich. All ihre Geheimnisse ... Du bist doch höchstens eine talentierte Anfängerin ...« Sie richtete sich hoch auf. »Das Schattenelfenreich verlangt den Drachen«, forderte sie mit gebieterischer Geste. »Gib ihn mir.«

Surah blickte sie traurig an. Sie musste einsehen, dass hier alles verloren war. Niemals würde Ophira in den Kreis der anderen Elfen zurückkehren. Sie war viel zu sehr von sich und ihrer Macht eingenommen. Entschlossen nahm Surah das vermeintliche Drachenei.

»Wie du willst«, rief sie.

In Ophiras Augen trat ein gieriges Glitzern. Doch was war das? Als Surah ihr das Ei entgegenstreckte, zerbrach auf einmal die Schale, und heraus flog nicht etwa ein Drache ... Nein, Kuack kam fröhlich herausgeflattert.

Ophira schnaubte wütend. Surah wollte sie wohl auf den Arm nehmen? Diesen Anfängern würde sie es schon zeigen.

Mit einem kalten Lächeln streckte sie ihren Arm aus. Kuack wurde von ihrem Zauber direkt getroffen, wirbelte hoch in die Luft und blieb am Hals einer Drachenstatue hängen. Die anderen schleuderte Ophira in einem riesigen Wirbel einmal um die eigene Achse, dann klatschten Surah, Sera, Jaro und Lykos gegen die Drachenstatuen und blieben daran kleben, als hätte man ihnen die Flügel mit Kleister beschmiert. Das alles vermochte Ophira mit einer einzigen Bewegung ihrer Hand. In der Mitte des Turms schwebte sie langsam zwischen den anderen nach oben und betrachtete ihre Opfer, die ihr auf Gedeih und Verderb ausgeliefert waren.

»Sag mir«, wandte sie sich mit unheilvoller Stimme an Surah. »Wo ist der Drache?«

»Niemals«, gab Surah entschlossen zurück.

Ophira streckte die Hand aus und drückte Surah mit ihrer Zauberkraft noch fester gegen die Statue. Surah stöhnte. Der Druck schnürte ihr die Luft ab. Trotzdem war sie fest entschlossen, nicht klein beizugeben.

Doch Ophira hatte beinahe alle Trümpfe in der Hand. Nuray lag gefesselt zu ihren Füßen, Surah und ihre Freunde waren ebenfalls in ihrer Gewalt ... Und irgendwo da draußen musste der kleine Drache ja sein. Niemand war da, um ihn zu beschützen. Niemand, den sie fürchten müsste ...

Surah sah ihr trotzig in die Augen. Ophiras Blick wanderte zu Jaro, ihrem alten Feind. Er ließ traurig den Kopf hängen. Sie wandte sich Sera zu. Die arme Sera, die genau in diesem Moment an Marween und Nugur dachte. Sehnsüchtig wanderte ihr Blick zum Drachengipfel, dessen schneebedeckte Spitze in der Ferne verheißungsvoll in der Sonne glitzerte. Über Ophiras Gesicht glitt ein böses Lächeln. Seras unschuldige Augen hatten ihr verraten, was sie wissen musste.

»Macht nichts«, sagte sie gelassen zu Surah. »Deine Zwillingsschwester hat mir schon alles verraten.« Ihre Stimme bekam einen harten Klang, und ihr Blick wanderte ins Leere. »Munyn«, rief sie laut. »Flieg zum Drachengipfel. Bring mir das Drachenbaby.«

Munyn kreiste mit seiner Rabenschar hoch über dem großen See. Als er die Stimme seiner Herrin vernahm, drehte er ab und nahm mit grimmigem Blick Kurs auf den Drachengipfel. Dieses Mal würde er Ophira nicht enttäuschen ... Laut krächzend folgten ihm die Raben.

Der Schneesturm am Drachengipfel hatte sich verzogen. Aber Marween war viel zu schwach, um noch fliegen zu können. Mit letzter Kraft kletterte sie die steiler werdenden Felsen und Hänge des Bergs nach oben. Weiter, immer weiter. Bei jedem Felsen, den sie erklomm, hoffte sie, es würde der letzte sein. Doch dann kam noch einer ... Und noch einer. Mühsam zog sie sich an einem nach oben ragenden Felsblock hoch.

»Uff«, stöhnte sie, beugte sich nach unten und hievte erst Piuh, dann Nugur auf den Felsvorsprung.

Und endlich, nach all den Strapazen, lag eine Plattform vor ihr, und dahinter öffnete sich eine große dunkle Höhle. Der Höhleneingang wirkte wie der riesige, zahnbewehrte Rachen eines großen Drachen. Der Drachengipfel ... Das musste er sein, der einsame Zufluchtsort der letzten Drachen. Darüber ragte nur noch die eisige Spitze des Bergs.

»Puuh«, murmelte Marween und wischte sich mit der Hand über die Stirn. Sie flatterte die letzten Meter bis zum Höhleneingang.

»Ihr beide wartet hier und seid still. Ich sehe nach, ob jemand zu Hause ist, okay?«, wandte sie sich an Nugur und Piuh. Sie strich beiden zärtlich über den Kopf.

Sie hatten viel durchgemacht, und Marween wollte auf Nummer sicher gehen, dass alles in Ordnung war, bevor sie die beiden in die dunkle Höhle gehen ließ.

Sie erhob sich und trat vorsichtig durch den Eingang. In den Nischen und Ecken der Felsen hatten sich von vielen Stürmen verwehte, uralte Eis- und Schneereste angesammelt. Doch weiter drin war es angenehm warm. Vor Marween öffnete sich eine gewaltige Halle, die in einem unheimlichen, von riesigen Kristallen ausgehenden Licht bläulich, grün und rot schimmerte.

»H-hallo?«, sagte Marween eingeschüchtert und setzte langsam einen Fuß vor den anderen. Sie fühlte sich alles andere als wohl in ihrer Haut. War das der letzte Zufluchtsort der Drachen? Wie würden sie wohl nach so vielen Jahren auf den Besuch einer Elfe reagieren?

Sie wagte sich vor bis zur Mitte der hohen, düsteren Halle, als über ihr ein leises Fauchen ertönte. Ein riesiger, in allen Kristallfarben glitzernder Drache glitt von einer Steinsäule herunter und landete geschmeidig vor ihr. Direkt hinter ihm erschien ein zweiter Drache aus den dunklen Höhen der Höhle. Die beiden fauchten und kamen langsam auf Marween zu.

»Oh, nein, nein, nein, nein«, rief sie erschrocken, machte einen Schritt zurück und stolperte über einen Stein. Plumps, da lag sie wehrlos auf ihren Flügeln. »Ich bin nicht euer Feind. Ich bin ein Freund. F-R-E-U-N-D«, buchstabierte sie sicherheitshalber.

Die beiden Drachen betrachteten sie argwöhnisch. Bevor Marween weitersprechen oder die Drachen etwas unternehmen konnten, wurden sie abgelenkt. Ein kleines Wesen sauste in vollem Galopp zur Höhle herein. Erstaunt blickten die beiden Drachen ihm nach, als es an ihnen vorbeiraste und ungebremst gegen die hintere Höhlenwand knallte.

Das konnte nur Nugur sein. Er wollte nicht mehr draußen vor der Höhle warten. Eine magische Kraft zog ihn unwillkürlich hinein.

Bei dem Aufprall zerbrach der letzte Rest seiner Eierschale. Benommen schüttelte Nugur den Kopf. Marween hielt den Atem an und nahm Piuh, der die Höhle hinter Nugur vorsichtig betreten hatte, in den Arm. Die beiden Drachen warfen sich einen besorgten Blick zu. Dann beschnupperten sie den kleinen Drachen, der vor ihnen an der Höhlenwand saß. Als Nugur endlich, endlich, nach all den Strapazen und Abenteuern, seine Augen einen Spaltbreit öffnete, da erblickte er direkt vor sich Faraun und Antylar, seine Mutter und seinen Vater.

Die beiden konnten ihr Glück kaum fassen. Sie reckten ihre langen, schlanken Hälse in die Höhe und stießen ein freudiges Brüllen aus. Nugur war da, ihr Sohn ... Und seine Eltern waren das Erste, was er gesehen hatte.

Nugur betrachtete sie neugierig. Groß und majestätisch standen sie vor ihm, Antylar in seinem blauen und Faraun in ihrem roten, glitzernden Schuppenkleid. Stolz reckte auch Nugur sein Hälschen und fauchte. Antylar und Faraun beugten ihre Köpfe zu ihm hinunter und liebkosten ihn zärtlich. Die kleine Drachenfamilie war wieder vereint.

Marween hatte das alles mit leuchtenden Augen beobachtet.

»Bei meinen Flügeln«, rief sie müde, aber überglücklich.

»Wir haben es geschafft. Wir haben es wirklich geschafft.« Sie drückte Piuh vor Begeisterung so fest an sich, dass er kaum noch Luft bekam.

Das war aber auch ein Bild, das man nicht jeden Tag zu sehen bekam. Marween fühlte förmlich, wie die Magie der Drachen zu wirken begann. Jetzt würde alles gut gehen, das spürte sie ganz deutlich ...

Der Kampf der Magierinnen

Antylar, Faraun und Nugur waren glücklich wieder vereint. Marween hatte ihre Aufgabe erledigt. Doch gewonnen war damit noch nichts: Sie mussten auch pünktlich zur Feier auf dem Sonnwendfels erscheinen. Der Weg vom Drachengipfel dorthin war weit ... Und ohne die Beteiligung der Schattenelfen war das ganze Drachenfest sowieso umsonst. Bei der Erneuerung des Pakts mit den Drachen mussten alle Königshäuser der Elfenstämme vertreten sein.

Im Schattenelfenreich stand die Sache aber denkbar schlecht. Surah und die anderen befanden sich nach wie vor in Ophiras Hand. Nuray hatte ihre Fessel zwar ein bisschen lockern können, doch was sollte sie gegen ihre Tante schon ausrichten?

»Führt sie ab«, rief Ophira. »Werft sie in den tiefsten Kerker.« Sera, Jaro und Surah wehrten sich vergebens. Die Wachen packten sie.

»Du und deine Schwester habt dieses Spiel verloren. Ich werde den Drachen bekommen, und dann wird kein Drachenfest stattfinden.«

Während sich Surah, Sera, Jaro, Lykos und Kuack gegen die Wachen wehrten, gelang es Nuray, den Verschluss ihrer Fessel zu lösen. Angewidert warf sie das Band von sich, mit dem sie angekettet gewesen war, und erhob sich.

»Oh doch«, rief sie entschlossen. »Das Fest wird stattfinden.«

Überrascht fuhr Ophira herum.

»Du wagst es?« Ärgerlich flog sie auf ihre Nichte zu. Nuray hatte sie einen Moment lang abgelenkt. Doch diese kleine Unaufmerksamkeit reichte aus, um ihren Zauber zu schwächen. Surah und ihre Freunde konnten die Wachen abschütteln und umkreisten Ophira. Lykos fletschte gefährlich die Zähne.

»Ja, wir wagen es«, rief Surah und schleuderte einen Sturmzauber auf Ophira.

»Tsss.« Mit einer kleinen Bewegung wich Ophira ihm aus. Dann schwebte sie von ihrer Plattform hinauf in die Wolken.

Entschlossen flog Surah ihr hinterher, gefolgt von Jaros und Seras besorgten Blicken. Ophira war sehr mächtig. Würde Surah es wirklich mit ihr aufnehmen können?

»Schnappt euch die Wachen«, rief Jaro und rannte los. Das ließen sich Lykos, Sera und Nuray nicht zweimal sagen. Auch Kuack stürzte sich mit wildem Krächzen in den Kampf.

Hoch in den Lüften schwebten Ophira und Surah. Ophira schüttelte den Kopf und stieß ein ungläubiges Lachen aus.

»Du kannst mich nicht mit dem Sturmzauber besiegen«, rief sie selbstgefällig.

»Na, dann pass mal auf«, sagte Surah entschlossen. In den letzten Tagen hatte sie viel dazugelernt und dank Bilara auch ihr Selbstvertrauen wiedergewonnen. Der Kampf gegen Ophira musste ausgefochten werden. Es gab keine andere Möglichkeit mehr. Sie richtete ihre Handflächen gegen Ophira und schoss einen mächtigen rosa Sturmzauber auf sie ab.

Jede andere wäre durch die Wucht des Aufpralls mit Sicherheit bis zum Drachengipfel geschleudert worden und für immer an seiner Spitze kleben geblieben. Doch Ophira blockte Surahs Zauber leicht mit einer Hand ab. Aus ihrer Handfläche erwuchs der grünlich schimmernde Strahl ihres Sturmzaubers und drängte den von Surah zurück. Um die beiden herum erhob sich ein mächtiger Wind, es donnerte und blitzte, als brächen alle Stürme der Welt gleichzeitig los. Doch weder Ophira noch Surah gaben nach.

Währenddessen kämpften Jaro, Sera, Nuray, Lykos und Kuack auf der Plattform des Turms tapfer gegen Ophiras Wachen. Einer der Wächter wollte Sera gerade packen, als ein böses Grollen ertönte. Erschrocken blieb er stehen. Lykos hatte schon eine Wache niedergekämpft und setzte jetzt zum Sprung an. Die Wache ließ von Sera ab und nahm schleunigst die Beine in die Hand.

Auch Kuack trug seinen Teil zum Kampf bei. Wild flatterte er auf eine Wächterin los und zerkratzte ihr mit den Krallen das Gesicht. In Panik schloss sie die Augen und schlug um sich. Doch dabei traf sie anstatt Kuack zwei andere Wachen, die zu Boden gingen.

Surahs Freunde gewannen im Kampf gegen die Wachen langsam die Oberhand.

»Ich hab mir unsere erste Begegnung etwas anders vorgestellt«, rief Nuray ein wenig außer Atem Sera zu.

Sera lachte und sprühte einer Wächterin den Blütenstaub einer Blume ins Gesicht, der sie innerhalb von Sekunden in tiefen Schlaf sinken ließ.

»Und ich hab das Gefühl, als würde ich dich schon eine Ewigkeit kennen«, rief sie zurück.

»Gut gemacht, Lykos«, rief Jaro und betrachtete zufrieden die vor ihm liegenden Wachen, als sich über ihnen der Himmel weiter verdunkelte. Besorgt blickten alle nach oben. Leider war der Sieg gegen Ophiras Leibwache nichts wert, wenn nicht auch Ophira selbst geschlagen wurde.

Surah und Ophira waren inzwischen von der größten Gewitterwolke umgeben, die *bayala* je gesehen hatte. Vom Turm aus waren sie in den dunklen, windgepeitschten Wolken kaum noch zu sehen.

Noch immer hielt Ophira mit einer Hand gegen Surahs Sturmzauber stand. Doch langsam wurde sie wütend. Wie konnte Surah es wagen, sich mit ihr zu messen?

Sie hätte nie gedacht, dass Surah so stark war. Doch jetzt würde sie ihr zeigen, was wahre Macht war.

»Hier«, rief sie und sandte mit der anderen Hand einen Blitzzauber aus, der Surah völlig unvorbereitet erwischte.

»Aaah«, rief sie erschrocken und versuchte, sich in letzter Sekunde mit dem Arm dagegen zu schützen. Doch es war zu spät. Der Blitz schlug ein, Surah verlor das Bewusstsein und stürzte durch die Sturmwolken nach unten.

Entsetzt sahen die anderen sie fallen. Lykos schob schnell eine der Wachen dorthin, wo Surah landen musste, sodass sie wenigstens weich auf deren Flügeln landete. Dort blieb sie einen Moment reglos liegen. Dann schlug sie erschöpft die Augen auf.

Ophira stieß ein fürchterliches Lachen aus.

»Munyn«, rief sie triumphierend in den Sturm hinein. »Hast du meinen Drachen gefunden?«

»Krächz«, machte Munyn. Er befand sich mitsamt seiner Rabenschar im Anflug auf den Drachengipfel.

Piuh spielte vor der Drachenhöhle Fangen mit Nugur. Marween sah den beiden glücklich zu. Sie ahnte nichts von den Geschehnissen im Schattenelfenschloss und war guter Dinge, dass das Drachenfest wie geplant stattfinden konnte. Sie war froh, nicht mehr ständig auf das Drachenkind aufpassen zu müssen.

Nugur hatte Piuh gerade erwischt, als er innehielt und erstaunt in die Ferne starrte. Das kam ihm doch irgendwie bekannt vor … Auch Piuh und Marween richteten ihren Blick zum Himmel empor.

Eine dunkle Wolke kam mit rasender Geschwindigkeit auf sie zu. Es waren Munyn und seine Rabenschar.

»Krahhh«, machte Munyn, als er Nugur von Weitem auf der Plattform vor der Höhle entdeckte. Er hatte fest vor, sich seine Beute dieses Mal nicht entgehen zu lassen.

Doch Nugur ließ sich nicht einschüchtern. Er war vielleicht klein, aber er war auch ein Drache. Ohne nur einen Moment zu zögern, schwang er sich mit seinen kleinen Flügeln in die Lüfte und flog den Raben entschlossen entgegen.

Marween schwante Böses. Nugur würde den wilden Vögeln kaum etwas entgegenzusetzen haben ... Doch plötzlich wurden Munyns Raben langsamer und krächzten verunsichert. Da kam etwas auf sie zu, mit dem sie nicht gerechnet hatten. Aus der Höhle hinter Nugur tauchten noch zwei Drachen auf. Und die waren riesig ...

Die beiden waren mit wenigen Flügelschlägen bei Nugur und stießen ein wildes Gebrüll aus. Sie holten einmal tief Luft und pusteten Munyn und seine ganze Rabenschar davon wie welke Blätter im Wind. Selten war ein Kampf so schnell zu Ende gegangen wie dieser. Zufrieden blickte Nugur seine Eltern an.

Munyn hatte sich gründlich verrechnet. Er schlug am Fuß der Drachenhöhle auf, wo sich viel Schnee vom letzten Sturm ange-sammelt hatte. Er fiel zwar weich, rollte aber unaufhaltsam den steilen Abhang hinunter und wälzte sich als dicker Schneeball immer schneller hinab ins Tal, bis er an einem steilen Hang zwischen zwei anderen Schneekugeln hängenblieb.

Ophira, die das alles durch seine Augen beobachtet hatte, schrie wütend auf.

»Aaaah.« Damit nicht genug. Auf der Plattform ihres Turms hatten Nuray, Jaro, Sera, Lykos und Kuack ihre Wachen besiegt. Surah war zwar angeschlagen, stand aber schon wieder auf beiden Beinen. Wollte dieses Mädchen denn nie aufgeben?

Sera und Nuray stützten sie.

»Okay«, sagte Surah etwas benommen. Sie nahm Seras und Nurays Hände und konzentrierte sich wieder. Auf einmal begannen die Armbänder zu leuchten, die Eyela ihren Schwestern bei der Krönung überreicht hatte. Die Abzeichen der Thronfolgerinnen ... Überrascht warfen sich Sera und Surah einen Blick zu. Vielleicht gaben ihnen dieArmreifen ja Kraft, wenn sie nur zusammenhielten?

Surahs Blick fiel auf Nurays Halsband. Die Mondsichel, mit der sie sich von ihren Fesseln befreit hatte, begann plötzlich ebenfalls in einem geheimnisvollen Licht zu schimmern. Surah fühlte, dass auch ihr Sichelmond zu leuchten begann. Ein Lächeln erschien auf ihrem Gesicht. Diesen Amuletten und den Armreifen musste eine besondere Kraft innewohnen. Und nur, wenn die Träger vereint zusammenstanden, wurde sie freigesetzt. Es war das Vermächtnis der Königreiche der Sonnen- und Schattenelfen. Vielleicht konnten sie mit ihrer Hilfe ja doch noch den Sieg davontragen?

»Wir treten lieber einen Schritt zurück, Lykos«, sagte Jaro, der plötzlich eine starke Kraft von den dreien ausgehen spürte.

Auch den Wachen wurde beim Anblick der drei Mädchen mulmig. Sie rappelten sich auf und machten sich schleunigst aus dem Staub.

Als die Armbänder und die Sichelmonde hell strahlten, ließ Surah die Hände Seras und Nurays los. Auch ihre Handflächen leuchteten jetzt im goldenen Glanz der Schmuckstücke. Ihre Schwester und ihre beste Freundin hatten ihr all ihre Kraft wiedergegeben und noch viel mehr. Sie richtete ihre Hände nach oben. Darauf erschienen ruhig kreisend zwei rosa Sturmwirbel.

Ophira beobachtete Surah, Sera und Nuray erstaunt. Dieses Leuchten hatte sie noch nie gesehen.

»Das darf doch nicht wahr sein«, sagte sie verwirrt. Zum ersten Mal war etwas wie Unsicherheit in ihrer Stimme hörbar. Munyn war geschlagen, Surah hatte tatsächlich ihren Blitzzauber überstanden ...

»Jaaahhh«, schrie Surah, schlug ihre Handflächen mit aller Kraft zusammen und sandte einen gewaltigen Sturmzauber gegen Ophira aus, der wie eine riesige Säule in die Lüfte stieg. Doch noch konnte Ophira dem Zauber widerstehen, wenn sie auch ihre ganze Kraft aufwenden musste. Aber sie war geschwächt, und dadurch schienen andere Mächte wieder stärker zu werden.

Während Ophira sich gegen Surahs Zauber wehrte, begannen auch die großen Drachenstatuen auf dem Turm in den verschiedensten Farben zu leuchten. Je stärker Surahs Zauber wurde, desto heller leuchteten sie in Grün, Gelb und Orange. Plötzlich brachen drei kraftvolle Strahlen aus den Statuen hervor, die sich mit dem von Surah vereinten.

Das war zu viel für Ophira. Sie stieß einen schrecklichen Schrei aus. Es gab eine Explosion, die sich in dichten rosa Rauchwolken auflöste und die Schattenelfenkönigin umhüllten. Die Wolken sanken hinunter zum Turm und verpufften dort vor den Augen Surahs und ihrer Freunde in einem riesigen Lichterfeuerwerk, das sich beinahe über ganz *bayala* erstreckte und bis zum Sonnwendfels zu sehen war. Geblendet schlossen die Elfen die Augen. Jedem war klar: Es musste etwas Denkwürdiges geschehen sein.

Eyela blickte mit Sorge vom Sonnwendfels über den großen See hinüber zum Reich der Schattenelfen. Dort löste sich die große dunkle Wolke über Ophiras Schloss in nichts auf. Es blieb nur der blaue, strahlende Himmel.

Die Botschafterin der Drachen

Langsam verzogen sich die letzten Reste der riesigen Wolke, die den Turm des Schattenelfenschlosses umgeben hatte. Surah, Sera, Nuray und Jaro waren von der Explosion niedergeworfen worden. Vorsichtig erhoben sie sich und klopften sich den Staub aus den Kleidern. Als sie den Blick hoben, trauten sie ihren Augen nicht.

»Wow«, rief Jaro schließlich überwältigt.

Vor ihnen stand Ophira, die Schattenelfenkönigin, in voller Größe. Stolz und mit geschwungenen Flügeln blickte sie in den Himmel, weit in die Ferne. Aber sie war zu Stein erstarrt, so wie die Drachenstatuen, die ihren Turm geziert hatten. Sie waren allesamt geborsten und aufgebrochen. Ihre Trümmer lagen überall verstreut.

»Wie Marween sagen würde ...«, riefen Surah und Sera wie aus einem Mund, »... bei meinen Flügeln ...« Sie lachten übermütig.

Als sie die Trümmer der Drachenstatuen näher in Augenschein nahmen, staunten sie nicht schlecht.

»Was ist das denn?«, fragte Sera ungläubig. »Sind das etwa ...«

»... die Dracheneier«, rief sie mit Surah zugleich. Begeistert fielen sie sich in die Arme.

Mit einem Schlag war das Rätsel der Dracheneier gelöst. Ophira hatte sie all die Jahre tief im Inneren der Drachenstatuen versteckt. Von ihnen war das Leuchten ausgegangen, das Surah im Kampf gegen Ophira unterstützt hatte. Jetzt lagen sie im Schein der Sonne bunt glänzend und völlig unversehrt auf den Trümmern.

»Die Sonne«, rief Jaro plötzlich erschrocken. »Es ist fast Mittag.«

Vor lauter Freude hatten sie aber die Zeit ganz vergessen. Schließlich mussten sie auch noch Nuray und die Dracheneier rechtzeitig zum Sonnwendfels bringen, damit der Pakt zwischen den Drachen und Elfen nach so vielen Jahren wieder erneuert werden konnte.

Auf dem Sonnwendfels hatten die Elfen alles für ein rauschendes Fest vorbereitet. Girlanden und Lampions hingen überall, die Tische waren mit saftigen grünen Blättern gedeckt und mit Blumen geschmückt. Überall standen Karaffen, Körbe, Schalen und Schüsseln mit Tauwasser und Blütennektar, dem besten Obst und den schmackhaftesten Früchten bereit, die *bayala*s Gärten hergaben. Nur die Hauptpersonen fehlten noch: Nugur und seine Eltern und Nuray als Vertreterin der Schattenelfen.

Zunehmend besorgt beobachteten die Elfen das stetige Steigen der Sonne. Viel Zeit blieb nicht mehr. Weithin war niemand zu sehen. Draußen hielten auch Bilara, Eyela, die Eiselfenkönigin, der Waldelfenkönig, der Regenbogenelfenkönig, Falaroy und Feya Ausschau nach Surah und ihren Freunden. Sie müssten doch längst hier sein. Wenn alles gut gegangen war ...

»Seht nur«, rief Bilara plötzlich und zeigte auf den großen See hinaus.

Alle sprangen auf und eilten zu ihr. Ganz weit draußen auf dem See war eine Formation von Booten zu erkennen. Sie kamen aus der Richtung des Schattenelfenreichs und hielten zielstrebig auf den Sonnwendfels zu.

»Es sind«, Falaroy kniff die Augen zusammen und beschattete seine Augen mit der Hand, »Schattenelfenboote.«

Gespannt beobachteten alle das Näherkommen der Boote. Bald gab es keinen Zweifel mehr: Im ersten Boot standen Sera, Surah und Nuray mit Kuack und winkten, gleich hinter ihnen saßen Jaro und Lykos.

Nuray war die legitime Nachfolgerin von Ophira. Nachdem die

Wachen festgestellt hatten, dass ihre alte Königin zu Stein erstarrt war, gab es keinen Grund mehr, Nurays Befehle nicht zu befolgen. Also hatten die Schattenelfen in aller Eile eine Abordnung zusammengestellt und waren losgesegelt.

Am Sonnwendfels fiel Eyela und den anderen vor Erleichterung ein Stein vom Herzen. Hinter ihnen brach lauter Jubel aus, und alle stürmten herbei, um die Neuankömmlinge zu begrüßen.

Die Boote der Schattenelfen hatten beinahe schon das Ufer erreicht, als der See plötzlich von zwei riesigen Schatten verdunkelt wurde. In den luftigsten Himmelshöhen schwebten zwei große Wesen. Nein, es waren zwei große und ein ganz winziges Wesen. Je näher sie kamen, desto deutlicher wurde, um wen es sich handelte. Antylar, Faraun und Nugur flogen im Sturzflug hinunter, bis sie knapp über dem Wasser neben den Booten der Schattenelfen schwebten.

Es war schon so lange her, seit die Elfen zuletzt einen Drachen gesehen hatten, dass ihnen vor Staunen der Mund offen stehen blieb. Ihre glatten bunten Schuppen waren fein gemustert wie ein Mosaik aus kleinen Steinchen. Sie glänzten und strahlten in der Sonne, Antylar blau, Faraun rot und Nugur grün. Ihre Schwingen breiteten sich weit aus. Auf dem Rücken von Faraun saßen Marween und Piuh.

»Also, das ist wirklich die einzig richtige Art zu fliegen«, jubelte Marween und reckte die Arme in die Höhe. Faraun streckte seinen Hals und stieß ein fröhliches Fauchen aus.

Auch Antylar fauchte laut, und Nugur gab sich alle Mühe, es seinen Eltern gleichzutun. Dass dabei nur ein leises Krähen zustande kam, störte ihn überhaupt nicht. Er war einfach glücklich, neben seinen Eltern und mit Marween zusammen durch die Lüfte zu fliegen.

Alle Elfen hatten sich nach Stämmen auf der Brücke des Sonnwendfelsens aufgereiht, an der Spitze ihre Führer. In der Mitte hielt Eyela

Nuray an der Hand und lächelte ihr aufmunternd zu. Nuray wirkte ein bisschen unsicher, aber das war ja kein Wunder. Jahrelang hatte sie fast wie eine Gefangene gelebt und nur Ophira und die Wachen des Schattenelfenschlosses um sich gehabt. Nun waren auf einmal aller Augen auf sie gerichtet ...

Den beiden zur Seite standen Sera und Surah, hinter ihnen Bilara und die Drachen Antylar und Faraun. Nugur schmiegte sich eng an Bilaras Bein und beobachtete das Geschehen neugierig.

»Heißt alle Nuray willkommen«, rief Eyela feierlich und hielt ihre Hand hoch. »Die neue Königin der Schattenelfen.«

Für einen kurzen Moment herrschte Schweigen. Die Eiselfenkönigin, der Waldelfenkönig und der König der Regenbogenelfen warfen sich einen zweifelnden Blick zu. Sie hatten so lange unter Ophira und ihrer Macht gelitten. Es fiel ihnen nicht leicht, ihr Misstrauen gegenüber den Schattenelfen abzulegen.

Doch dann glitt ein Lächeln über das Gesicht der drei Stammesführer. Schließlich waren sie gekommen, um die Einigkeit *bayala*s zu feiern und den Pakt mit den Drachen zu erneuern. Ohne die Schattenelfen war das nicht möglich.

»Lang lebe Königin Nuray«, riefen sie, und alle Elfen hinter ihnen fielen aus vollem Hals ein. »Lang lebe Königin Nuray ... Lang lebe Königin Nuray ...« Alle brachen in Jubel aus.

Nuray lächelte Eyela erleichtert zu. Plötzlich löste sich Marween aus der Menge und rannte zu der frischgebackenen Königin. In der Hand hielt sie einen aus den hübschesten Blumen der Festwiese geflochtenen Reif. Nuray kniete nieder, bedankte sich mit einem Nicken und setzte ihn auf ihr dichtes schwarz glänzendes Haar. Dann erhob sie sich wieder.

»Als Zeichen unseres guten Willens haben wir wertvolle Geschenke mitgebracht«, sagte sie majestätisch.

Surah konnte sich nur wundern, wie schnell Nuray sich in ihre neue Rolle als Königin fand.

Ein Raunen ging durch die Menge, als eine Delegation von Schattenelfen über die Brücke marschierte. Alle machten Platz, und die Überraschung wurde noch größer, als die Elfen sahen, was das für Geschenke waren.

»Dracheneier«, riefen sie von allen Seiten. »Sie bringen Dracheneier ... Ach, du liebe Zeit ...«

Die Elfen hatten mit allem Möglichen gerechnet, aber nicht damit.

Antylar und Faraun blickten sich erstaunt an. Auch die Elfen traten näher, um die Eier zu bestaunen. Niemand hatte geglaubt, sie jemals wiederzusehen. Ja, für die jüngeren unter ihnen waren sie fast schon ein Mythos, ein Märchen geworden, das man den kleinen Elfen als Gutenachtgeschichte erzählte.

»Dracheneier ...« Eyela war einen Augenblick sprachlos. Dann wandte sie sich an Surah und nahm sie bei der Hand. »Ihr ... ihr habt sie gefunden ...«

»Sie waren in den Bäuchen von Ophiras Drachenstatuen versteckt«, berichtete Surah eifrig.

»Die Zeit ist nah«, unterbrach auf einmal Bilara die ganze Gesellschaft. Sie reckte ihre Hände hoch in die Luft. »Es ist die zwölfte Stunde der Sonnwende.« Sie zeigte nach oben zur Sonne, die jetzt genau an ihrem höchsten Punkt stand. Bilara wollte auf keinen Fall, dass die Feier wegen all der Wiedersehensfreude schiefging. »Die Stunde des Drachenfests ...«

Antylar und Faraun neben ihr blickten sich an. Sie reckten die Hälse in die Luft und stießen ein lautes Gebrüll aus. Und dann erneuerten Elfen und Drachen in einem feierlichen Akt endlich den Pakt, den Ophira durch den Diebstahl der Dracheneier und die Entführung

Surahs so heimtückisch gebrochen hatte. *bayala* stand vor einer neuen Zeit des Friedens, der Einigkeit und der Magie. Das große Welken, mit dem Ophira die Kraft der anderen Königreiche geschwächt hatte, hatte ein für alle Mal ein Ende.

Die Nacht war hereingebrochen. Das sanfte Licht der Lampions erhellte den Festplatz. Den ganzen Tag hatten die Elfen zusammen gefeiert. Anfangs waren sie noch ein bisschen zurückhaltend gewesen, vor allem gegenüber den Schattenelfen. Doch je länger die Feier ging, desto mehr tauten die Elfen auf, und die verschiedenen Stämme mischten sich untereinander. Schließlich gab es viel zu erzählen und zu erfahren ... Begeistert hörten sie die Geschichten aus dem Leben der anderen und erzählten von ihrem eigenen. Es wurde getrunken, gegessen und viel getanzt.

Piuh und Lykos allerdings hatten genug. Lykos lag mit prallem Bauch flach auf dem Boden. Piuh lehnte sich an ihn und streckte alle viere und seinen Bauch von sich. Nur Kuack pickte noch lustlos an einer Frucht vor ihm. Lykos und Piuh warfen sich einen Blick zu. Alle Achtung: Damit konnte Kuack den Titel »Unersättlichster Vogel *bayalas*« zweifelsohne für sich beanspruchen.

An einem der Tische saßen die Könige, Königinnen und Prinzessinnen zusammen mit Falaroy, Marween, Jaro und Bilara.

»Du wirst deine Kraft brauchen«, wandte Eyela sich an Marween, die gerade die letzten Obstreste von ihrem Teller kratzte. »Morgen fängst du als königliche Drachenbotschafterin an. Und als Lehrling bei Magus Bilara.«

Marween verschluckte sich beinahe an ihrem letzten Bissen. »Iiiich?«, rief sie überrascht und blickte Eyela mit großen Augen an. Bilara lächelte und nickte.

»Wer sonst kann mit den Drachen sprechen?«, fragte sie. »Und welche Elfe hat allein einen Berg bestiegen, um ihr Land zu retten? Es ist eine Ehre für mich, dich als meinen Lehrling zu haben.«

Marween konnte ihr Glück kaum fassen. Noch vor wenigen Tagen war sie mit Piuh morgens in ihrem Baumhaus aufgewacht. Und jetzt, keine Woche später, war sie nicht nur die Freundin von Surah und Sera, sondern auch noch königliche Drachenbotschafterin und Lehrling der größten Magierin *bayala*s.

Auch Surah und Nuray unterhielten sich entspannt.

»Ich hätte nie gedacht, jemals die neue Königin zu werden«, vertraute Nuray ihrer Freundin mit einem Lächeln an.

Surah schmunzelte. Sera trat zu ihnen und legte den Arm um die beiden.

»Ich hätte nie gedacht, noch eine Schwester zu bekommen«, sagte sie. Alle drei lachten glücklich.

Doch plötzlich wurde Sera still und ein bisschen schüchtern. Schräg gegenüber hatte Jaro Platz genommen. Er warf Sera einen liebevollen Blick zu, lächelte sie an und wurde rot. Sie mochte Jaro. Seit sie im Wald mit der Feuerrose zusammen Feuer gemacht hatten, musste sie immer wieder an ihn denken. Ihm schien es genauso zu gehen.

Surah schlug mit einem Löffel gegen ihr Glas und erhob sich. Vieles in den letzten Tagen hatte ihr Selbstvertrauen wachsen lassen: das Gespräch mit Bilara, der Kampf gegen Ophira, die Befreiung Nurays. Sie hatte das gute Gefühl, trotz ihrer Zwiespältigkeit als Sonnenelfe mit Schattenelfenflügeln endlich mit sich im Reinen zu sein.

»Ich möchte mein Glas erheben«, rief sie. »Auf die Königsfamilien und ihre Untertanen.«

Während alle ihre Gläser und Becher nahmen, erhob sich Sera ebenfalls.

»Auf die Drachen und ihre Magie«, ergänzte sie feierlich.

Da wollte auch Nuray nicht zurückstehen.

»Auf die Helden, die diesen Tag erst möglich gemacht haben«, rief sie.

»Und auf ... *bayala*«, schloss Surah.

Alle erhoben die Gläser.

»Auf *bayala*«, riefen sie aus voller Kehle und brachen in Jubel aus.

Dann wurde weitergefeiert, bis der Morgen anbrach. Und über allen wachten die Drachen, die sich mit ihren weiten Flügeln lautlos durch den Nachthimmel schwangen.

Eyela hatte es geschafft. Als neue Königin der Sonnenelfen hatte sie die Elfenstämme wieder ausgesöhnt. In die Geschichte *bayala*s würde sie eingehen als die junge Königin, die den Pakt mit den Drachen erneuert hatte, dank der Hilfe ihrer Schwestern Surah und Sera und ihrer Freunde.

Am nächsten Tag brachen die Elfenstämme wieder in ihre Königreiche auf. Es war ein neuer Anfang für alle. Die Dracheneier wurden wie früher auf alle Elfenreiche verteilt, um allen Stämmen endlich die so lange entbehrte Magie zurückzubringen.

»Kind und Wasser, Blatt und Stein, alles anders, alles eins«, verabschiedete Bilara sie andächtig mit der uralten Weisheit *bayala*s.

»Juhuuu«, rief Surah und flog in wilden Kreisen über dem Sonnwendfels. Sie war einfach nur glücklich.